黒狼と赤い薔薇
～辺境伯の求愛～

Yue Natsui
夏井由依

Honey Novel

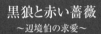

Illustration

Ciel

CONTENTS

序章

石造りの街並みを見下ろすなだらかな丘陵に、王城は聳《そび》えたっている。

深い緑色のスレート屋根の塔が林立するその城内——城門から続く石敷きの中庭には、年に一度取り行われる催しに合わせ、多くの人が集《つど》っていた。

鎖帷子《くさりかたびら》をつけた騎士や兵士、槍《やり》を掲げる衛兵。

華やかな色の衣装に身を包んだ貴族たち。

貴婦人が被《かぶ》る凝った意匠の帽子についたベールが、夏前の温《ぬる》い風にひるがえる。

中庭を睥睨《へいげい》する主塔も、集う人々同様に飾りつけられていた。白壁を覆い、様式化された白い薔薇《ばら》が描かれた紋章旗がはためき、基部には白を中心に色とりどりの薔薇が巨大な花器に活《い》けられ並ぶ。

薔薇の合間には、ファーゲン王を中心に王妃、王子王女たち、そして王弟ディアン大公とそのひとり娘、シダエ公女の席があった。

明るい色の金髪をふたつに編んで垂らした十三歳の公女は、蔦《つた》模様の刺繍《ししゅう》で飾った薄桃色のドレスを着ていた。

少し短い裾《すそ》からは、長靴下に包まれた足首と赤い靴が覗《のぞ》いている。

その爪先《つまさき》でとんとんと敷石を突いて椅子《いす》に深くもたれたシダエは、青灰色《せいかいしょく》の目をサッと横に走らせた。

隣に並ぶ従姉妹《いとこ》の王女たちはみんな着飾っていて、澄ました顔をしている。

それでも隠しきれない高揚で頬《ほお》が赤いのに気づいて、シダエの胸に羨望《せんぼう》が湧《わ》き起こった。

——わたしも王女だったら薔薇を捧《ささ》げてもらえるのに。

新たに叙任された騎士を祝福するこの催事では、当の若者たちが薔薇の花を貴婦人に捧げる慣習もあり、人気の一因になっている。

しかし近年、薔薇を捧げられるのは王女たちに限定されていた。敬意の証《あかし》として申し分なく、ほかの貴婦人と違って余計な勘繰りも生まないからだ。

王女たちに捧げられるのは、王家の紋章に使われる白い薔薇と決まっている。

そのため白には、忠誠と敬愛という意味が与えられていた。

そして、その色から単純に連想され、赤い薔薇には……。

「……求愛、ね」

隣にある腰高の大きな花器に活《い》けられた赤い薔薇を横目で見て、シダエはこっそりとため息をつく。

シダエは王女ではない。王家の一員として王城で起居し、王女たちとともに教育されているが、白い薔薇を捧げられる立場ではないとわかっている。

それでも……。

もう一度ため息をこぼしたとき、城門のほうからワッと歓声が上がった。

開け放たれた黒塗りの巨大な鉄扉の奥から、騎乗した若者たちが歓声を背負って現れたところだった。

甲冑《かっちゅう》姿で騎馬のまま内庭に入るのは今日だけ許されることで、緊張しながらも誇らし気に顔が輝いている。

ファーゲン王が立ち上がって歓迎を示すと、紋章官がそれぞれの名を告げ、馬から降りた彼らの足を進めさせた。

捧げられる王が剣をひとつひとつ口づけして返すという作法が繰り返された後、騎士たちは立ち上がって互いに目配せし、あちこちに置かれた花器の薔薇に手を伸ばした。

首を伸ばしたシダエは、彼らの手元にすばやく目を走らせた。

全員、引き抜いたのは白い薔薇だった。

王女に捧げる色だ。

今年も波乱はないらしいと、何人かは落胆したかもしれない。だが、一連の慣習を見守る人々の目が、おおむね微笑《ほほえ》ましく細められたときだった。

カツ、と蹄《ひづめ》が石畳を叩《たた》く音と馬のいななきが響いた。

え？　とばかりに丸くなった全員の視線が、入ってきたばかりの一騎に向けられる。

遅れて到着したのはなにか事情があったのか——しかし馬と同じ黒い色の、長めの髪を初夏の風に揺らして颯爽《さっそう》と馬を降りた若者は、注視に頓着《とんちやく》する様子もなく悠然と王に歩み寄る。控えめに装飾のついた甲冑の上につけた、横向きの狼《おおかみ》が金で描かれた黒い軍衣《サーコート》が風でふわりとふくらんだ。

「……辺境伯だわ」

隣に座る年長の王女がつぶやいたので、シダエは「辺境伯？」と声を跳ね上げ続きを促した。

王女は前を見たまま唇をすぼめる。

「アラルーシア辺境伯よ。ウルディオ家の紋章だわ。……お名前はなんだったかしら。わたくしよりいくつか歳上で……」

「――ルディク・ウルディオ殿――！」

慌てたように紋章官が声を張り上げた。

シダエが目を向け直したとき、黒髪の――ルディクは王の前に片膝《かたひざ》をつき、宣誓を行っていた。

手違いで遅参したのだとしても、十七、八ほどの若者は堂々としていて、むしろその前に立つ王のほうがぎこちなく見える。

白い薔薇を手にしていた若い騎士たちも気圧《けお》されたように立ち尽くしていたが、それでもひとりが六歳の末王女に跪《ひざまず》いて薔薇を捧げると、受け取った王女の可愛《かわい》らしい笑い声に鼓舞されたのか、めいめいに動きはじめた。

やがて、隣に座る従姉妹がハッと息を呑《の》んだ。ひとりの騎士が、彼女の前で足を止めたのだ。

シダエもつられて緊張した。胸の上で祈るように両手を組み合わせ、凝視してしまう。

ありがとう、と小さな声とともに白い薔薇を受け取った王女が礼儀正しく応《こた》えると、騎士は立ち上がった。

その姿を追ってシダエも顔を上げたとき、騎士の背後に陽光を遮るもっと大きな影が差し、ゆらりと揺れて回り込んできた。

シダエは瞬《まばた》きも忘れて見つめた。……なぜ、わたしの前にいるの？

椅子に座るシダエの正面で足を止めたのは、背が高く、黒っぽい姿の若者だった。

遅れて到着した騎士――ルディク・ウルディオ。

長めの黒髪がかかる顔は大人の男のように厳しく、怒っているようにも見えた。だがエメラルドに似た美しい双眸《そうぼう》は、太陽を背にした翳《かげ》りの中でも色を失わずきらめいている。

シン、と静まった中庭の雰囲気も歯牙《しが》にかけず、彼はシダエだけを見つめたまま、黒革の手袋を嵌《は》めた手を伸ばしてきた。黒い軍衣の下の甲冑や腰に佩《は》いた剣が、ガチャ、と金属の硬い音を立てる。

思わず竦《すく》んで目を閉じたシダエの耳に、ブツッとなにかを引きちぎる音が届いた。

「――どうぞ」

間近で響いた低い声に促されて開けた目に、赤が飛び込んでくる。

「え……？」

たしかに、薔薇を捧げられたいと夢見てきた。

白は王女のための色。たとえこの城で王女と同様の教育を受けていても、毎年、この催事でシダエの手だけからっぽだった。泣くばかりの赤ん坊でさえ、王女だというだけで薔薇を捧げられたのに……。

だから、余計に憧《あこが》れた。

――そしていま、赤い薔薇が捧げられている。

信じらない気持ちのまま、シダエは目の前で艶々《つやつや》と輝く美しい花弁を、それを差し出す狼の紋章を持つ若い騎士を見つめた。

「あの……」

どうしてわたしに赤い薔薇を？　と訊《たず》ねようとした言葉は続かなかった。

ふいに思い出した。赤い薔薇の意味は求愛だ。

シダエの顔に血が昇る。

だが若者は、受け取る手も出せずにいる様子に焦《じ》れたのか、返事を待たず、一歩、進み出て身を屈《かが》めた。

「どうぞ」

そしてサッと背を向けたルディクは、シダエがなにか反応するより早く、駆け寄ってきた従者の手から手綱を奪って馬に跨《また が》ってしまった。ブルル、と馬のいなききを残し、馬首が返される。

石畳を叩く蹄の音が響いても、王の前でありながら傍若無人《ぼうじゃくぶじん》に退去していく若者に対し、

窘《たしな》める言葉も、非難を含ませた視線をくれる者もなかった。

残されただれもが言葉を失ったまま、一点を見つめていたからだ。

公女の膝の上に残された、一輪の赤い薔薇を。


……探し求めていた姿を見つけ、シダエはほっと息をついて青灰色の目を大きくした。

飾りつけられた大広間には音楽が流れ、天井から吊るした円型燭台の何十本もの蠟燭《ろうそく》の灯《あか》りが揺れる中央では、男女が輪になって踊っている。

笑い声、話し声、足音、衣擦《きぬず》れの音——。

喧騒《けんそう》から外れ、ルディク・ウルディオは開け放たれた正面扉に隠れるように漆喰《しっくい》の壁にもたれかかり、項垂《うなだ》れて立っていた。

「……ルディク様？」

手には酒杯を持っていたが、飲んでいる様子はない。けれど声をかけても、顔を上げる素振りも見せなかった。日に焼けたその横顔には、いくらか残る線の細さとともに、少年らしい気難しさが貼《は》りついている。

聞こえなかったのだろうか、と努めて前向きにとらえ、シダエは一歩、進み出た。

「わたしと踊ってくださいませんか……？」

反応はなかった。

伏せたまま顔を上げない若者の様子に怯《ひる》んだが、大公である父の目を盗み、侍女もうまく言いくるめてようやく探し出したのだ。諦《あきら》められない。

シダエはごくりと唾《つば》を飲んで、もう一度、口を開く。

「あ、あの……、ルディク様」

「……なにか？」

ようやく、長い前髪越しに緑色の目を向けられた。

それは思っていたより鋭いものだったが、シダエは手にしていた赤い薔薇を胸元に当て、勇気を振り絞る。

「わたし、シダエ・ディアンです。昼間は、薔薇を……赤い薔薇を、ありがとうございました。とても嬉《うれ》しく思いました。どうか、わたしと踊ってください」

黒髪の、背の高い騎士。

薔薇を捧げてくれた騎士。

——王女ではないわたしに、赤い薔薇を……！

十三歳の少女は、それだけで恋に落ちた。

どうしても話したい。踊ってくれたらどんなに素敵だろう。

そうよ、誘ってみよう！　と決心させるほどに。

「お願いします……！」

手にした薔薇のようにおそらく真っ赤になっている顔を伏せたとき、若者はベルトの金具をカチャリと鳴らして壁から離れた。

「踊りたければ、おひとりでどうぞ」

答えは予想もしない素っ気ないものだった。

え？　と顔を上げたシダエを一瞥《いちべつ》することもなく、彼は床を叩くように踏んで脇を通り過ぎていく。黒い外套の裾が、薄桃色のドレスに一瞬、触れた。

「俺は王城の人間ではありません。薔薇の色の意味など知らないし、捧げたことも決まりだからそうしただけです」

印象的な緑色の目はついにシダエに向けられることもなく、ルディク・ウルディオはそうして立ち去っていった。

「え……？」

シダエは両手を下ろして呆然《ぼうぜん》とする。

——踊りたければ、おひとりで。決まりだから。色の意味など知らない……。

若者の言葉だけが頭の中でめぐり、どんどん息苦しくなってきた。

赤い薔薇を捧げてくれたのに。

とても嬉しかったのに……。

——けれど彼は意味さえも知らなかったのだ。

自分の早とちりだった。

恥ずかしさにシダエは俯《うつむ》いた。

まだ手にしていた赤い薔薇を隠すように胸に押しつける。その奥が痛かった。痛くて、つらい。ひどく悲しい。悲しくて切ない。

——あの人は、わたしを見ることさえしなかった……。

そのとき、大広間で踊る男女の陽気な声が耳を劈《つんざ》いていった。

アハハ、アハハハハ、と。楽しく。軽やかな。

自分を嘲《あざけ》るような笑い声が——。

シダエは振り返らず、足早に大広間を後にした。

一章

主塔の二階にある執務室に通されたディアン公女シダエは、先に並んでいた王女たちの右端で足を止め、室内を見回した。

複雑に交差する太い梁《はり》が渡された天井の下、白壁には何枚もの豪奢《ごうしゃ》なタペストリーが飾られている。南向きの壁には職人の粋を極めた金縁の窓が嵌《は》め込まれ、歪《ゆが》みの少ないその薄緑色のガラスを透過する日射《ひざ》しは明るい。

懐かしさが、ふと胸に満ちる。子供の頃、ここで遊んだ。

それを許してくれた執務室の主《あるじ》ファーゲン王は、いま、金と緑の模様が浮く大理石で囲われた暖炉《だんろ》の前に立っていた。

「春先はまだ冷えるな」

静かな室内に王の声が落ちると、パチ、と薪《まき》の爆《は》ぜるかすかな音に続いて「そうですね」と声が上がる。

シダエは冬の空のような青灰色の目を細め、視線を走らせた。

大きな窓を背に置かれた黒塗りのテーブルの前に立つ、自分を含めた五人。図らずもそれは年齢順で、十八歳の自分を筆頭にしている。

ほかの四人は赤や明るい青などのドレスで、髪の一部を編んで装身具や花で飾っていた。

シダエは地味な茶褐色のドレスで、髪は垂らしたまま。切り込みの入った胸元から覗く白い胴着にかかる首飾りは、宝石もないただの細い金鎖だ。

「陛下、お話は？」

また、姫君のひとりが口を開いた。国王の末娘、甘やかされた十一歳の彼女だけに許される行為だった。ここにいるのは王の身内の姫君たちのみ。しかも未婚とくれば、呼び出された目的はおのずと知れるのに、とシダエは胸中で苦笑する。

しかしファーゲン王は、緊張する娘たちをチラッと見たものの、すぐにまた暖炉に躍る炎へと目を戻して答えない。

執務室に、なんとも重苦しい空気が漂った。

シダエはこっそりとため息をつき、顔を動かさないまま視線だけを慎重にさまよわせた。懐かしい気持ちで執務室を見回していたときも、そちらだけには目をやらないようにしていたのだが、意を決し、ついに視線を止める。

暖炉の向かいの壁に作りつけられた書架を背に、一人の青年が横を向いて立っていた。

十歩ほどの距離があったが、青年の頭の位置にある書架の棚の高さから、長身であるのがわかる。彼は白いシャツの襟を覗かせた丸首の胴着と、鋲《びょう》飾りのついた太い革帯、脚衣の膝までである革製の長靴といった服装で、すべてが黒を基調にしていた。

前と両脇を後頭部でひとつに束《たば》ね、残りを垂らした肩にかかるほどの長い髪も黒く、ほつれたひと房がかかる横顔は、北方の人間なのか彫りが深い。

秀でた額、耳から顎《あご》に続く硬質な輪郭。

厳しさを感じさせる引き締まった色の薄い唇、高い鼻、眦《まなじり》の少し吊《つ》った目……。

なぜか既視感を覚え、凝視してしまう。それを感じたのか、書物を手にするでもなく所在なく立っていた青年は、ふと瞬きし、顔を上げてこちらを見た。

「……！」

心臓が跳ね、慌てて俯く。

──あの目……。

窓から入る日射しのせいなのか、貴婦人の胸元を飾るエメラルドのようにきらめいていた。印象的なその目の光に照らし出され、心の奥底に押し込めていた記憶がよみがえる。

──彼だ……！　なんてこと……！

落ち着かない鼓動を抑えるように、シダエは片手をそっと胸元に当てた。

「おまえたちを呼んだのは……」

そのとき、そわそわしはじめた姪《めい》に気づいたわけではないだろうが、ファーゲン王が暖炉に背を向け話しはじめた。

「こちらのアラルーシア辺境伯のためだ。辺境伯のことは知っているな？」

「……っ」

シダエは胸元から手を下ろし、身体《からだ》の前で組み合わせきつく握った。

アラルーシア辺境伯は、国の北西に封じられた大領主ウルディオ家が持つ爵位だった。現在の当主は二十四歳の若者。名前はルディク。「黒狼」という異名を持つ騎士……。

——そう、知っているわ。

切れ切れに取り出した記憶と情報が頭の中でかき回され、言い知れぬ感情が湧き上がってくる。

ルディク。アラルーシア辺境伯。ルディク・ウルディオ……！

唇がふるえた。それでも血縁の姫君たちにつられるように、シダエはもう一度、青年に目をやって——刹那《せつな》、ギョッとする。

美しい緑色の双眸は、わずかに逸《そ》らされることもなく自分に向けられたままだった。睨《にら》みつけるような視線の強さにからめとられ、シダエは硬直する。

ずっと見ていたの？　と思った途端、ねじられたように心臓が痛んだ。

——彼はわたしを覚えているのかしら？　まさか？　……いいえ、気にしてはだめ！

乱れる思考をすばやく埋《う》め、シダエは顔ごと視線を引き剝《は》がした。

「……うむ、うむ」

正面のファーゲン王が、整えられた口ひげを軽く撫《な》で、なぜかシダエに向かって頷《うなず》く。

「承知のように、アラルーシア辺境伯は北方の要《かなめ》。なくてはならぬ我が国の盾であり剣だ。その重要性から王家とも関《かか》わり深い。そして、さらにそれを強めようと思う」

王は姫君たちを見回した。

「辺境伯は、この婚姻を了承している」

「――陛下、よろしいですか？」

裾まで垂れる袖《そで》の飾り布を揺らしてサッと手を挙げたのは、四人の中では一番年上の王女だった。シダエの隣に立っている王女だ。

「結婚はわたくしたちの務めですから、それはともかくとしまして。……なぜわたくしたちまで？　フローラとわたくしは婚約しましたし、シルヴィアもお話が進んでおります。それに、その、シダエお姉様は……」

言葉を切った王女に合わせるように、従姉妹たちの視線を肌で感じ、シダエは羞恥《しゅうち》と不愉快さに唇を引き結んだ。

わたしだって来たくなかったわ、と胸中で言い返す。だが、いつまでもこのままではいけないと自分でも焦燥と危惧《きぐ》を感じていたし、父の大公に迎えに来られては……。

結局のところ結婚から逃れられないのはわかっている。王家の一員に数えられ、そう教育されてきたのだから。

それでもいたたまれなさは拭《ぬぐ》えず、シダエは俯いた。

「……うむ、そこだ」

発言した娘に当てた目をわずかに細め、王は頷いてまた口ひげを撫でる。

「おまえももちろんだが、フローラとシルヴィアもまあ……、とにかく一度、とな。シダエももう、うん、そろそろ……、あー、余は、宴や催しなどで見てほしいと提案したのだが、辺境伯はそういった賑《にぎ》やかな場を嫌うし、その……、あまり時間もないのだ。辺境伯にはすぐにソロンに発《た》ってもらう手筈《てはず》になっている」

王は執務室の隅から隅まで視線を走らせた後、黒髪の青年で止めた。

「──辺境伯、どうかな？　どの王女が？」

ざわっ、と姫君たちのまとうドレスが揺れる。

王の口にしたソロンは、西にある州名だった。もともと隣国の小国家だったが、近年、併合された土地だ。

ファーゲン王の長女が嫁ぎふたりの息子をもうけた後、ソロン王が病死した。現在は幼い長男がソロン公爵を授与され、同時に封土として与えられた形を取り、領地を治めている。機に乗じた乗っ取りとも言える強引な手段での併合だったが、もともと庇護下の領邦国家だったこともあり、大きな争いはなかった。

しかし一部に根強い反発が残っていたのも事実で、先月頃から暴動が頻発して広がりを見せ、看過できない状況になりつつある。

アラルーシア州はこのソロンの北方と領土を接していた。

辺境伯は国境を守備する役を負う。アラルーシア州は優れた騎士を揃《そろ》えた精強な土地柄で知られ、ソロンに投入すれば、その威圧だけでも直《ただ》ちに収束できるという王の目論見《もくろみ》が透けていた。

──そのための婚姻なのね。

いくら政略結婚が義務とはいえ、王もずいぶんなことをされると口元が引《ひ》き攣《つ》った。並べられた自分たちは品定めされ、選択されるのだ。ほかの男の手を払い落してまで揃えた、色とりどりの砂糖菓子の中から、ひとつ、つまんでもらうべく。

「さあ、辺境伯！」

王はごほんと大きく咳払《せきばら》いし、両腕を広げた。

「全員、余の娘……あ、シダエは違うな。だが、まあ、姪だ。少女の頃にはこの城で過ごしておるし、もちろんどの王女も持参金は国庫から……」

「陛下」

どれを選んでも美味《うま》いぞ、と言わんばかりの王の言葉を、低い声で短く遮ったアラルーシア辺境伯は、その不遜《ふそん》さに鼻白む王に謝罪もせず、しなやかに長身を傾けて書架の前から離れた。

「俺はもう決めていると申し上げたはずです」

「いや、いやいや、辺境伯！　目にすれば考えが変わることもあるだろう？」

「ご配慮には感謝いたしますが、ほかの王女方には迷惑なことでしょう」

青年の少しかすれた声が落ちると、執務室は静まり返った。

緊張感が高まる中、美しい白い床を叩く武骨な音が数度、響く。

耐えられず目を伏せたシダエの前で日射しが遮られ、細い身体に影が重なった。

そっと上げた目に、黒い胴着の胸元が飛び込んでくる。青年がひどく近い位置に立っているとわかって、無意識に身体が強張《こわば》った。

先に動いたのは辺境伯だった。その手が伸ばされ、シダエの右の指先をつかむ。

「……っ!?」

ギョッとして引き抜く前に、男の手に力が加えられる。

他人の体温に、シダエの胸がざわついた。しかも王城にいる貴族たちとはまるで違う、革のように硬く骨張って乾いた手だった。

自分がひどく華奢《きゃしゃ》に思える、大きな男らしい手……。

「……辺境伯?」

指先を握り込まれたまま、ゆっくり視線を上げる。

間近に立ち、頭ひとつ高い位置から見下ろしてくる顔からは感情が窺《うかが》えなかった。

シダエは目を離せず、知らず、記憶の中のそれとの差異を探してしまう。

五年の歳月はすっかり少年らしさを消し去ったようだった。

目も鼻も唇も綺麗《きれい》な形をしていて完璧《かんぺき》な配置で収まり、日に焼けて引き締まった顔には、男らしい精悍《せいかん》さが漂う。

うっすらと細められた目の中にある緑色は、艶《つや》やかで、危険なようにも見えて……。

――ああ、お変わりになっていない、と心の隅で少女の自分が声を上げた。黒馬に跨っていた若い騎士、その手にあった赤い薔薇。それらがサッと脳裏を過《よ》ぎり、胸が高鳴る。

触れ合う手が熱を持った気がして、シダエはうろたえた。

「……辺境伯? 手を……」

「陛下、申し出ていた通り、こちらの姫を」

若い辺境伯はシダエの言葉が耳に入らなかったように、背後の王に言った。低くかすれた声音は、硬いと言ってもいいほど平板なものだった。

「おお、シ、……シダエか。いいのだな？」

「間違いなく」

王は何度か忙《せわ》しく咳払いし、気を取り直したように両肩を竦《すく》めた。

「……そうか。余の弟にも喜ばしい縁となろう」

ファーゲン王の言葉が若い騎士の面影を打ち消し、空っぽになった心が急激に冷えていくのを、シダエは他人事のように感じた。喜ばしい縁——そう、貴族の結婚だ。王や父は、わたしを片づけるためにたくさんの持参金を用意してくれるでしょう。

それでも自分の役割は心得ている。義務は果たさなくてはならない。逃げ続けた二年間は、いまや負い目として伸《の》しかかっていた。

男の顔を見上げたシダエは、手を握られたまま軽く膝を曲げ、淑女の礼をとった。

「はじめまして、シダエ・ディアンです」

「……はじめまして？」

「ええ、はじめまして、辺境伯」

決意が滲《にじ》み、挑むようになってしまった声音にも、青年はやはり表情を変えないまま頷いただけだった。だが緑色の目になにがしかの感情が刷かれ、強くきらめく。

それを隠すように、黒狼《こくろう》と呼ばれる若い辺境伯はすぐに目を細め、うっすらと微笑んだ。

「……そう、はじめまして、シダエ公女。あなたをアラルーシアに迎えたい」

「光栄ですわ。妻として、心からお仕えいたします」

矜持《きょうじ》をかき集めて微笑み、シダエはもう一度、貴婦人らしく優雅に一礼した。


ディアン大公ゼオルトは、王の家族が使用する居館と接した三層の塔を所有していた。

一階部分はすべての仕切りを払った広々とした部屋で、丈の低い花木の点在する小さな庭園に面した窓がある。格子に嵌めた薄緑色のガラスを通してまたたく日の光が、窓下に置かれた長方形のテーブルの上で踊っていた。

テーブルに添って置かれた十数脚ある椅子のひとつの乱れを直し、コツ、と音を立てて背もたれを指の関節で叩いた大公は、そこに片手を置いて振り返った。

「準備はわたしがする。サニケ伯爵のもとにある荷物も、すべてまとめて送らせよう」

「ありがとうございます、お父様」

大公はくすんだ青色の胴着の上に、金と黒で配色したくるぶしまである上衣をはおっていた。その上衣ごと腰に巻いた美しい銀色のベルトを指で直し、娘と同じ青灰色の目を窓の外に向ける。

「おまえはなにも心配することなく、出発までここで過ごすように。辺境伯との婚儀は、エスタの祝祭日に行う予定だ」

「……そんなに早いのですか？」

シダエは目を見開いた。聖人として奉られるエスタを祝う日まで、あと三十日ほどだ。通常、婚約期間は半年から二年を置くことが多いので、異例の早さだった。

「おまえは十八だ。問題あるまい。辺境伯はおまえを選んだ。……おまえも、よいな？」

「……はい」

断られないよう急いでいるのだと言外に指摘された気がしたが、シダエは身体の前で握り合わせた両手に力を込め、傷ついた気持ちをやり過ごす。

またコツ、と椅子の背もたれを叩いた大公は、短く咳払いした。

「……辺境伯は若く、所領も一時、乱れたようだが……、いまはうまく治めている」

「はい」

「おまえが苦労することはない。だいじょうぶだ。辺境伯は、前の、いや……」

シダエはゆっくり瞬いて、言葉を濁した父の顔を見た。もうこれ以上、結婚について話したくなかった。

「お父様、伯父《おじ》様や伯母《おば》様にご挨拶《あいさつ》をしたいのですが。明日、お伺いしても？」

「挨拶？」

話が変わったことに安堵《あんど》したように息をついて、大公はじっと娘を見つめた。

「……いや、サニケ伯爵にはわたしからよく伝えておくし、挨拶したいのなら、彼らにここに来てもらおう。そうだな、おまえも世話になった礼をしたいだろう。……二年、か」

はい、と口の中で小さく答えたシダエは、コリス市の外れにある、亡き実母の生家であるサニケ伯爵の館を思い出す。

ほとんど外出することなく二年間を過ごした場所だ。

十六歳になる直前の婚約破棄、それに続く騒動と消えることのない噂《うわさ》のせいで。

優しい伯父と伯母に心配をかけていた二年の日々――。

その間、書簡をよこすことも会いに来ることもなかった父の、床に落ちる影を見つめる。

「お父様、ご迷惑をおかけして……」

「失礼いたします」

言葉に重なり、開放されていた両開きの扉の向こうから従者が入ってきた。

「アラルーシア辺境伯がお越しです」

振り返ったシダエの目に、王城のお仕着せをまとった少年従者と、その背後の入り口に立つ黒っぽい長身が映った。

「ああ、辺境伯、足を運んでもらってすまない。入ってくれ」

大公は気軽に挨拶し、手を上げて招く。

ルディク・ウルディオは銀色の小さな飾りで縁どった前合わせの黒い外套《がいとう》をまとい、膝より長いその裾をひるがえしながら歩み寄ってきた。

近づく硬い足音の主と向かい側の父とに交互に目をやり、シダエは結局、自分の隣で足を止めた男から視線を背けるようにして、軽く頭を下げた。

「さきほどはどうも、シダエ公女」

ルディクは気負った様子もなく挨拶し、またも自然な動作でシダエの手を取って持ち上げると、指先を包むように握った手に優しく、しかし抗《あらが》えない力を込めた。

跳ねた鼓動と一緒にシダエは青灰色の目を上げ、見開く。

間近にある、日に焼けた精悍な顔。そこに嵌められた装飾品のような緑色の目は、硬質な光を宿している。

シダエの内部で、なにかがふるえた。

「……婚約者に挨拶してくれないのか？」

ルディクはゆっくりと口元をゆるませた。

シダエは自分の頰に熱が溜《た》まるのを感じたが、目を逸らさなかった。

「失礼いたしました、辺境伯。すぐにこうしてお会いできて、とても嬉しいですわ」

反射のように微笑んでそう応えたが、ルディクの顔からは逆に笑みが消えた。

「……作り笑顔がお得意のようだ」

「え？」

「いや、実に貴婦人らしいご挨拶と、美しい微笑みだと」

「まあ、嬉しいお言葉です。ところで、父になにかお話が？」

胸の痛みが耐えがたくなり、シダエはぎこちなくディアン大公に視線を移した。

「ああ、そうだ。わたしがお招きした」

大公は長方形のテーブルを回り、椅子のひとつに腰を下ろすところだった。

「辺境伯とは、これから色々と取り決めをしなくてはならない。おまえとの結婚について。誓約書にする署名もあるし……ああ、いい、おまえの分はすべてわたしがやっておく」

「ありがとうございます」

「上に行きなさい。部屋はそのままだ。ファナもいるから不便はないだろう」

実母を早くに亡くしたシダエは、乳母《うば》に育てられた。その娘で乳姉妹《ちきょうだい》のファナは長じて侍女となり、サニケ伯爵家にも従い、今回も王城に同行している。

彼女がいればたしかに不便も、不安もない。

「では、失礼いたします」

シダエは両膝を曲げて挨拶し、壁の装飾のひとつであるような、透かし彫りにされた手摺《てす》りのついた木製の螺旋《らせん》階段へ向かった。

「――お待ちを」

ドレスの裾を持ち上げ階に爪先を乗せたとき、呼びとめられた。

首を傾《かし》げるようにして視線を送ると、黒髪の男は大公に二、三言、断り、外套の裾をひるがえして大股《おおまた》に近づいてくる。

カツカツと床を叩く足音になにか追い詰められていく気がして、シダエはそのまま階段を駆け上がりたい衝動を必死にこらえた。

「なにか、辺境伯？」

「妻になる人に、これを」

浮かべた微笑みはぎこちないはずなのに、ルディクは気にする様子もなく、なにかを握り込んでいる手を伸ばしてきた。

「……まあ、なんでしょう？」

警戒しつつ手のひらを上にして差し出すと、男の指先が――ひどく硬くて熱いそれが触れ、ふわりと開かれる。

シダエの小さな手のひらのくぼみに、ころん、と重みのあるものが落とされた。

「よければその白い手に」

「わたしに……？」

シダエは手渡されたものを見つめた。

厚みと幅のある白銀の指輪だった。連なる薔薇が彫られ、花弁や葉の部分に、朝露を表したのか、ごく小さな淡い青の輝石が点々と嵌め込まれている。

「とても綺麗ですわ」

「祖母の形見です。公女に渡したと知れば喜ぶだろうから」

アラルーシア辺境伯の祖母――シダエは記憶を慌ただしく引っ張り上げた――そう、ルディクの祖母は、ファーゲン王とディアン大公の大叔母《おおおば》で、もとは王女だった。彼女は、生家の紋章である薔薇を身につけていたのだろう。

「光栄ですわ、辺境伯。大切にいたします」

「つけてくれるか？　――いや、いい、俺がやろう」

ルディクは渡したばかりの指輪を奪い、指先でクルッと回して白銀を輝かせながら、もう片方の手でシダエの左手をつかんで引き寄せた。

「ん、少しゆるいな」

「え？　は……？」

「こちらはどうだろう」

ぽかんとするシダエに頓着せず、薬指から人差し指、最終的に中指に収め、具合を確かめている。

やがて満足したのか、黒髪の辺境伯は頷いて手を離した。

「指が細いので少し合わないが……、まあ、急ぎで持たされたものだから、後であらためて、俺自身で選んだものをなにか贈ろう」

「え、はい……？」

シダエは白銀の指輪が光る自分の手から、黒狼と呼ばれる若い騎士に視線を移した。

ルディクは両腕を胸元で組んで、少しだけ首を傾げている。

「なにがいい？」

「え？　え、いいえ、結構ですわ。こちらの指輪だけで、わたしは――」

「いらない？」

濁した語尾を拾って聞き返され、シダエは戸惑った。

「あの……」

「困ったな、指輪か首飾りか……、別のものでも？」

しかし、拒否したことの怒りが含まれているわけではなく、なにが可笑《おか》しいのか、夫となる男の声は弾んでいる。

自分でも意識しないまま安堵して、シダエはゆっくりと首を振った。

「いいえ、ほかにはなにもいりませんわ」

「俺から欲しいものは、ない？　……なにも？」

「ええ、特には」

できるだけ慎《つつ》ましく、妻として好ましく見えるように微笑む。

「わたしは、欲張りな女だと思われたくありません」

「……」

今度は沈黙で返され、シダエの胸にふたたび冷たいものが滑り落ちていった。

間違っていたのだろうか？　虚栄や物欲を表すような発言はしていない。この王城で学んだのだから、貴婦人としての礼儀に適《かな》っているはずだ。

それとも実践となれば勝手が違ったのかしら……？

焦りながら、忙しく瞬く。

――この結婚がダメになってしまったら？　またダメになってしまったら？　古い鉄が軋《きし》

むように、心が揺れた。どうしよう、ああ、どうしよう……。

そのとき、ふ、と笑い声が耳をかすめた。

弾《はじ》かれたように顔を上げたシダエの目に、口角を上げた口元、そして緑色の目を細めたルディクの笑顔が映る。

「……辺境伯？」

間の抜けた声で呼ぶと、男はついに声を上げて笑いだした。

細めた目元に薄くしわが刻まれる。厳つく冷たくも見えた端整な顔が、それだけで思いがけず優しく、柔らかい印象に変わった。

こんなふうに笑う人なのかと思ったとき、ルディクは笑いを収め、ゆっくりと言った。

「いらない、か。……だが、もらってもらう。いま、決めた」

「え……？」

「あなたにだけ捧げるものを」

笑いを含んだままだったが、低く唸《うな》るような声音に、ぴくりと肩がふるえてしまう。

――怒っている？　シダエは我に返って慌てて口を閉じ、貴婦人としての慎み深さをまとって俯いた。

「もうしわけございません。そうおっしゃってくださるなら、喜んで受け取ります」

「そうか。……どんなものでも？」

ふいに覗き込むように顔を近づけられ、低い声で問われる。

頬が熱くなるのを自覚したシダエは、日に焼けた男らしい顔から目を逸らし、位置を直す振りをして指先で白銀の指輪をいじった。

「もちろんですわ。この指輪も大切にいたしますし、贈り物も楽しみにしております」

「ああ。楽しみにしていてほしい、ぜひ」

ルディクは笑んだまま背を伸ばして顔を離すと、シダエの垂らした淡い金色の髪をひと房すくった。

「辺境伯……？」

驚きに目を大きくした女を笑うように、輝く髪を指で梳《す》きながらふわっと宙に舞わせる。

波のようにきらめいて揺れ落ちるそのひと房が、シダエのまとう茶褐色のドレスに触れるより早く、若い辺境伯は背を向けた。

「ではまた、公女」

シダエは言葉を失ったまま、離れていく長身を見送る。

辺境伯は振り返らなかった。

鼓動が速く、胸の奥が軋んで痛む。シダエは白銀の指輪を嵌めた手を胸元に当て、気持ちを落ち着かせようと目を閉じた。

その瞼《まぶた》の裏に浮かんだのは、背を向ける直前に見せた男の目だった。

エメラルドのような美しい双眸。

しかし、捕食する獣を思わせる危険な光を宿した目……。

結婚相手の異名が、頭の片隅を過ぎった。

──黒狼。

＊＊＊

アラルーシア辺境伯ルディク・ウルディオとの婚約を決められた翌日、当の婚約者がすでに王城を去ったことをシダエは昼過ぎに知らされた。

「今朝方《けさがた》、ソロンに発ったそうです」

黒髪をきっちりとひとつに編んで背に垂らしたファナは、眉《まゆ》をひそめてそう告げた。青いドレスで包んだ身体は、背が高くしなやかな印象だ。乳母の娘であると同時に、父に仕えた騎士の娘で、見た目同様、機敏だった。

「……そう、なの。急なことね」

塔の最上階にある自分の部屋で、シダエは頷いた。

胸にぼんやりとした痛みが走る。身支度を済ませたばかりの浮いた気持ちが萎《しぼ》んでいくのに合わせ、視線が落ちていく。

ドレスは明るい黄色で、胸元には白い釣鐘《つりがね》型の花を連ねたスズランが大きく刺繍されている。袖の飾り布を気にするように、シダエは持ち上げた左腕から垂れるそれを右手の指先で引っ張った。そこにもスズランが刺繍されている。

「……もう出発されたなんて」

「昨夜《ゆうべ》、急な報《しら》せがあったとか耳にしましたので、こちらにご挨拶する時間もなかったのだと思いますよ」

ファナは早口で言って、肩を竦める。

「もともとソロンへ行く約束だったとか？　気になさることではありません」

シダエは目を伏せるようにして頷いた。

たしかにアラルーシア辺境伯は、ソロン州への行軍が決まっていた。

――わたしとの結婚はそのための布石。

慌ただしい出発前にわざわざ訪ねて挨拶していくこともない、そんな結婚なのだ。

「……そうね」

自分に言い聞かせるようにつぶやいて、シダエは踵《きびす》を返す。

二年前と変わらない、可愛らしい花の意匠の白い家具で揃えられた部屋には、長櫃《ながびつ》の類《たぐい》があちこちに積まれていた。伯母の心のこもった手紙とともに昨夜、慌ただしく届けられた荷物だ。

その長櫃の一部は、蓋《ふた》を開けたまま中身がはみ出している。ドレスや胴着、肌着などの衣類や、装飾品、そしてこまごまとした持ち物……。

「片づけないとね」

シダエはため息をついて、長櫃から目を逸らし、ドレスの裾を持ち上げた。

スズランの飾りがされたドレスはお気に入りの一枚で、見つけ出すのに苦労した。

それでも諦めず探し出して美しく装ったのは、昼に辺境伯を招いた、と昨夜、父が口にしたからだ。

地味な茶褐色のものではなく、年相応の華やかなドレスで迎えたかった。絶対にこれでなくてはイヤだと、ファナを急《せ》かして一緒に見つけたのに……。

「……子供みたい、わたし」

ひとりごち、シダエは薄緑色のガラスが嵌められた格子窓の先に目をやる。

上空は風が強いのか、薄雲が勢いよく押し流されていた。

ソロンに向かう辺境伯の後を追うように、西へと。

サニケ伯爵家から贈られた小鳥と果実を彫った青銅製の姿見に向かい、シダエは目を凝らした。

少し吊り上がった青灰色の目は瞳孔《どうこう》が黒く浮いて見えるほどに淡く、細い鼻梁《びりよう》と相まって冷たく見える。だが下唇はふっくらとしていて、小さな顎も女らしい。

腰まで垂らされたくせの少ない髪は銀の混じった繊細な金色で、背後の窓から差し込む日射しで輝き、輪郭がぼやけていた。

ドレスの上からはおった、白貂《しろてん》の毛皮で縁どった青い外套の胸元に留めた大振りのブローチを直す。

ブローチは横を向いた狼を彫った金細工の逸品だった。シダエの手のひらほどの大きさで、完璧な円形をしている。

今後、この狼もわたしの紋章になるのね、と思った途端、かすかにふるえた指先を握り込んで、シダエは薄く化粧した唇を引き締めた。

王の執務室で、そして父の部屋で会ったときのアラルーシア辺境伯ルディクを、何度もそうしていたように脳裏に思い描く。黒髪に、緑色の目。浅黒い肌。長身で、広い肩幅。

それに、握ってきた手の大きさと、指の太さ、硬さ。

低い声は、ほんの少しかすれていた。それが顕著になったときを思い出す——そう、笑顔。笑いを含んだ声。異名にふさわしくない闊達《かったつ》な……。

「……黒狼なのに」

つぶやいて、シダエは姿見から離れ、背後に用意されていた椅子に腰を下ろした。

「なにかおっしゃいましたか？」

扉の近くで、いくつも並べられた櫃を開け閉めしていたファナが顔を上げる。

「どうなさいました、気に入らないところでも？」

「ううん、平気よ。ちょっと疲れただけ……」

婚家にまでつき従ってくれた侍女に笑顔を向けると、ファナはひとつに編んで垂らしていた黒髪を肩から払い、ぐ、と背を伸ばした。

「シダエ様ったら、これからが大変なんですよ」

「……そうね」

シダエはため息をついて、胸元のブローチにまた手を当てた。

王城で婚儀は済ませているので、シダエは名目上、すでに辺境伯夫人だった。

しかし、自分に新たな地位をもたらした婚儀は、あまり思い出したくない。

シダエはたったひとりで済ませたのだ。ソロンへ行軍していったアラルーシア辺境伯はエスタの祝日に間に合わず、ついに王城に戻らなかったので。

出席できない場合、代理を立てることもある。しかしルディクはそれさえもしなかった。

自分の紋章を刻んだブローチをひとつ、送ってきただけだ。

ひとりきりで婚儀に臨んだ公女の姿は、さぞ哀れに見えただろう。

湧いた感情が怒りに変わる前に件《くだん》のブローチから手を外し、シダエは細く息をついて心を落ち着かせた。

婚儀の翌日、生まれ育ったコリス市を後にし、七日の旅程を経て二日前にアラルーシア辺境伯の領地に入った。

シダエを送り届けたディアン大公家の家令、従者、護衛、そしてファナ以外の侍女もすべて引き払っていた。すでに二家の間での婚姻契約は完了しているので、アラルーシアに入った段階で、その庇護を実父から夫へと完全に移されている。

だがルディクは、シダエが領地に入っても姿を見せなかった。

この時点で、彼はまだソロンから戻れずにいたのだ。

領主不在のため入城できず、シダエはアラルーシア城の兵士団に守られたまま、ペナという小さな町の教会が管理する塔に宿泊させられた。

気負って領地入りした二日前には泣きたくなったが、それでもここまでくるとむしろ安堵に変わっていた。心を整える時間ができたと思えばありがたいものだ。

できればもっと――と避けたくなる気持ちも芽生えはじめた矢先、昨夜遅く、ルディクが戻ったと伝えられた。

そして今日、ついに城に迎えられる。

「……これからが大変なのでしょうね」

「いまさらなんです、シダエ様？」

パタン、とやや大きめの音を立てて、ファナが長櫃の蓋を閉じた。その音に驚いて見開いた目に、足早に近寄り、腰に手を当て見下ろしてくる侍女の姿が映る。

「他人事のようなおっしゃりようをなさって。お忘れになっていなければよろしいのですが、あなたはこれからアラルーシアのお城に行かれるんですよ、奥方として」

赤ん坊のうちからそばにいるだけに、三歳年上の侍女は遠慮をしない。

「大公様が教えてくださいましたが、辺境伯様は立派なご領主のようです。だいじょうぶですね？」

「わかっているわ、だいじょうぶよ。……今度は、心配しないで」

仕方なくそう答えたが、ファナはなにも言わず荷物の片づけに戻っていった。

シダエはその背中から、日射しが差し込む窓へと視線を移す。

細長い窓に嵌められたガラスは王城にあるような美しいものではなく、気泡の目立つ色の濃い、歪んだものだった。

それでも、その先の景色を見ることはできる。

気を利かせてこの部屋にしたのか、それとも偶然なのか――窓からはちょうど、アラルーシア城が望めた。

雪渓《せっけい》の輝く青白い山脈を背に、丘陵の頂上に建つ灰色の幕壁に囲われた城は、トパーズ色をした円錐形《えんすいけい》の屋根を載せた塔がいくつか聳え、居館も確認できる。

歳月が全体的にくすんだ色にさせていたが、それだけに雰囲気のある堂々とした姿だった。

夫の城。わたしの城。――わたしたちの城……。

ここに着いてから自分に言い聞かせていたことだったが、やはりいまになっても落ち着かず、指先がむずむずするような感覚に襲われた。

……あの人は覚えているだろうか？

五年前、わたしの膝に赤い薔薇を置いていったことを？

その後、浮かれて踊りに誘った十三歳の公女を？

シダエは目を閉じた。

――もうじき、またあの人と会うのだ。

夫となったあの人に。

わたしを傷つけたあの人に。


北方の国々との国境にもなっている山脈の麓《ふもと》に広がる高地のため、アラルーシアはいま、ようやく春を迎える頃だった。

吹き下ろしてくる風は、まだ雪の匂《にお》いを含んでいる。

シダエは肌が粟立《あわだ》つのを感じた。指先がふるえる。だが、それは寒さのせいばかりではなかった。

壁沿いに常緑樹の並ぶ石敷きの前庭には、迎えが出揃っていた。二十人ほどの騎馬兵で、シダエに馬首を向ける形で横に並列している。

彼らは鎖帷子の上に、それぞれ生家の紋章を描いた袖のない軍衣をつけていた。

高々と掲げられているのは、狼の紋章を黒糸で刺繍した幟《のぼり》だ。その金色の房飾りが揺れる先、開け放された鉄扉の向こうからは、ざわざわと多くの人の気配がする。

領民たちが集まっているのだろう。

領主の婚姻は祭りと同じだ。食料や酒類なども振る舞われるし、気前のいい領主ならば、いくつか税を免除してくれる。

そしてなにより、領主の迎える花嫁を間近で見物できるのだから……。

わたしはいい見世物ね、とシダエはこっそり思いながら、半歩前で腰を落としたファナの手に指先を乗せ、外套からこぼれる濃紅色のドレスの裾が魅力的に揺れるよう、身につけた優雅な仕草で前に出た。

「王弟ディアン大公ゼオルトの長女、シダエです。皆様方、お出迎え、感謝いたします」

武骨な鉄兜《てつかぶと》の下から注がれるいくつもの視線を受け流し、微笑む。

騎士たちはアラルーシア辺境伯に忠誠を誓っている。

つまり今後、シダエも彼らの忠誠の対象となるのだ。

しかし、最初が肝心とばかりに意気込んだ挨拶に返事はなかった。ただ、馬具に飾られた金房がひるがえって左右に割れ、中央の一騎だけが進み出てくる。

シダエはその馬の大きさに驚いた。黒々とした毛並みが、筋肉のくぼみに添って波のように光っている。

目を丸くするうち、二、三歩前に出た黒馬は、大きな鼻息とともに足を止めた。その背から騎士が身軽に降り、鉄製の拍車をかけた長靴の底で、前庭の石畳にガツと音を立てる。

濃い灰色の外套を肩に払った騎士は、甲冑や鎖帷子ではなく、黒を基調にした裾の長い革製の胴着と脚衣をつけていた。幅広の帯をつけた腰には、銀で象嵌《ぞうがん》された長剣が吊るされている。

騎士はシダエの前に立ち、外套についたフードを後ろに払った。前髪と両脇の髪を後頭部で束ねた、肩にかかるほどの黒髪が跳ねるように宙に広がる。

日に焼けた顔が露《あらわ》になった。

「……辺境伯」

書類上ではすでに夫になっている男と数歩の距離を置いて見つめ合い、シダエは内心の恐慌を隠してすばやく微笑んだ。

「ありがとうございます。自らお迎えいただけるなんて。驚きましたが、大変、光栄ですわ」

笑みを保ったまま挨拶を言い切ったが、ルディクの登場にひどく心が乱されていた。

聞いていたのは、城の者が迎えにくるということだけだった。昨夜、ようやくソロンから戻ったという辺境伯は、城で待って出迎える形なのだろうと思っていたのだ。

　ぼんやり見るうち風が吹きつけ、男の黒髪が肩先で揺れた。頰にかかったひと房を黒革の手袋をつけた指先で払うと、彼は緑色の目を細めた。

「迎えることができて、俺もとても嬉しい。ひとりでここまで来てもらってすまなかった。婚儀でも、もうしわけない」

「……いいえ、そんな。ご無事な様子で、嬉しく思います」

「それは俺の言うことだ。すぐに城へ連れていこう。——さあ」

　手を差し出され、シダエは目をしばたたいて周囲を見渡した。

「馬車はどちらですか？」

「馬車？」

　また風が吹きつけ、腰まであるシダエの金色の髪が乱れた。差し出されたものに手を重ねずに済むよう、サッと自分の髪を押さえる。

　強張った顔をなんと思ったのか、ルディクは眉根を寄せた。

「馬車は用意していない。俺の馬に乗せて、一緒に城に入る」

「……」

「代々、花嫁はそうやって入城した」

　そう言われれば、頷くほかない。シダエはぎこちなく顔を伏せた。青灰色の目が、けぶるような金色の睫毛《まつげ》に隠される。

「だいじょうぶだ、けして落とさない」

力強い約束とともに手が伸ばされ、曲げた指の関節が顎に触れてきた。持ち上げられた視界に、ルディクの表情を消した顔が映り込む。

「鞍の上でおとなしくしていれば、すぐに城に着く」

ルディクは手を離し、背後の馬に近づいた。隣の騎士が馬首を回し手綱を持って抑えていたが、軍馬として躾《しつ》けられている馬は置物のようだった。

「シダエ、さあ」

使い込んで艶の出ている鞍に片手を置き、ルディクが差し招いた。

――シダエ。

まるで以前からそう口にしていたように自然に、親密に。

風は冷たいというのに、カアッと顔が火照る。

怒りのためよ、とシダエは思った。気軽に名前を呼ぶなんて。わたしを覚えてもいなかったくせに。少女だったわたしの心を傷つけたくせに……。

胸中に湧いた敵意と裏腹に笑顔のまま素直に青年の傍らに立ったが、黒馬の圧迫感のある巨体と独特の臭《にお》いに、一瞬、身が竦んだ。

「こんな大きなものに……？　――きゃ……っ」

無理です、と続けようとした声が悲鳴に変わる。

すばやく屈《かが》んだルディクの両手に、腰をつかまれていた。その手の大きさと力強さに、痛みとも熱さともつかないものが全身を貫いたと思った途端、軽々と持ち上げられ、馬の背に横向きに乗せられていた。

切り替わった視点の高さに目が回る。

「な……っ、な、なっ」

「しっかりつかまれ」

どこに!? と胸中で叫びながらも返す言葉に詰まるうち、あぶみに足をかけたルディクは敏捷《びんしょう》な動作で跨り、背後に腰を落ち着けていた。そして背中側から回した手で手綱を握り、もう一方の腕を硬直したまま落ちそうになっているシダエの腰に絡め、頑丈な枷《かせ》のように固定する。

「少し引っ張り上げるぞ。……よし、背を伸ばして」

「……っ」

「もっと、くっついて。遠慮せずに。——そう、それでいい。では出発する」

宙に浮いた形の両足をルディクの膝が押し、横座りするシダエの身体は斜めになった。

肩と背中の一部が男の胸元に密着し、それになにかを思う間もなく足元で拍車がカチャと鳴り、いきなり馬首が返される。

シダエは「ひっ」と短く切羽詰まった声を上げ、手綱を握る男の腕を、叩く勢いのまま両手でつかんで爪を食い込ませた。

ごく幼い頃ならば乗せてもらったこともあったが、少なくとも十歳を過ぎた頃には馬車だけが移動手段だった。馬に乗るなど、コリス市では貴婦人のすることではないのだ。閉じたいのに、瞼はぴくりとも動かない。経験したことのない高い視点と、揺らされる不安定さに恐怖で硬直していた。

しかし密着する背後の男の気配のほうが気になってくると、恐怖に浸ってばかりもいられなくなった。馬が歩きだすとさらに上体が倒れ、懐に深く抱かれる体勢になってはなおさらだった。厚手のはずの外套越しにも、硬い身体を感じてしまう。

辺境伯は黒をまとうせいか一見細身だが、肩幅が広くたくましい。

それはそうだろう、とどこかで冷静に思う。いくら女の身体でも、あんな高さまで軽々と持ち上げられるのだから……。

狼のブローチが隠す胸の奥が、キリ、と痛む。

自分の指が回りきらない腕の太さや、外套越しとはいえ腰をつかむ広げた指の力強さ、そしてむき出しの肌に感じる熱のすべてを強く意識してしまう。

「……あの……も、もう少し、離れ……」

「前を見て。敷地を出る」

「は、はい……っ」

顎を引いて口元を寄せたルディクに間近でささやかれ、シダエは上擦った声で答えながら首を竦めた。

仕方なく目線を前方に当ててると、アーチ形をした楼門をくぐるところだった。

軽快な蹄の音を立てその影を出た途端、日射しに輝く華やかな色彩が目に飛び込んできた。ペナも他の町と同様に、教会を中心にした広場が作られていたが、その石敷きの開けた場所は、乾燥させた花びらや、色とりどりの生花で埋められている。

花を踏んで馬が進むと、ワッと大きくなった歓声に包まれた。

領民が集っているのはわかっていたが、予想より数が多かった。広場を埋める彼らの手から花びらが次々と投げ入れられ、歓声とともに中空を舞う。なかには葉のついたままの花もあった。

シダエは目をしばたたき、華やかな雪片《せっぺん》のようにひるがえる花びらを見回した。

「笑って」

「え？」

「領民に笑顔を見せてほしい。彼らはとても楽しみにしていたが、今日まで我慢させてしまったから」

辺境伯の望みはもっともなことだった。口元を引き攣らせながらも笑顔を作ると、歓声が一際、高くなった。花嫁への歓迎はもちろん、領主その人への祝福も混じっている。

この人は慕われているのね、とシダエは思った。それは胸に温かいものをもたらし、ふと、この季節にこんなにたくさんの花を集めるのも大変だったろうとも思い至ると、笑顔は自然と心からのものになった。

群衆の中には子供の姿も目立った。白い頭巾《ずきん》のような被り物をつけた母親に抱かれている子や、たくましい父親に肩車をしてもらっている子もいる。

頭に青い花をいくつもつけた少女がすごい速さで手を振っていたので、シダエは思わず笑い声を上げ、手を振り返した。青い花が落ちるのも構わずピョンと跳ねた小さな姿が視界から消えると、馬は広場を過ぎ、城に続く路地へと入っていく。

アラルーシア城を仰ぎ見る形で山間に細長く続く町は、コリス市とは異なって暗い色調だった。褐色の切り妻屋根は傾度が高く、灰色の石壁と黒い梁を用いた建物は武骨な四角が目立つ。

それらがまばらになる頃には、焦げ茶色の土がむき出しの細い坂道に変わった。

領民の姿もなくなり、ふわりと吹きつける風には、植物と土と、どこか湿っぽい匂いが混じりはじめる。

見上げればすでに城は間近で、薄青い山々を背に凛然《りんぜん》と立ち聳えていた。

シダエは無意識に、腰に回されていた硬い腕をつかむ手に力を入れた。

すると、ルディクが言った。

「手が冷えている」

「え!?」

シダエは反射的に手を離した。そのとき、指輪を忘れたことに気づいた。祖母の形見なのだと辺境伯にもらった、白銀の指輪を。

視線が自分の中指に当てられているような気がして、宙で指を丸めて隠すと、腰に回された腕になぜか力が込められた。

「……手袋は？」

「あ、あの、忘れてしまって……、まあ、そういえば、ファナは？」

ファナが手袋を持ってきてくれたかもしれない。指輪も手袋の近くに置いていたから、もしかして──と思ったとき、忠実な侍女はそういえばどこに？　とようやく気づく。

シダエは慌てて振り返ったが、ぎこちなく首が傾いだだけだった。

「侍女なら、後の連中と一緒に城に来るだろう。荷物の指示をする人間が必要だ」

「……そうですか」

「シダエ、手を冷やさないように、腕をつかんでいたほうがいい」

「あ……、はい、失礼します」

指輪のないことを気にしながらも、毛織の黒い上着越しに男の腕をそっとつかむと、耳のそばで笑う気配がした。

「辺境伯？」

「ルディクでいい」

「は？」

「名前で呼んでほしい」

シダエはチラッと目線を上げ、ルディクの男らしい首筋あたりを見やった。

「……ルディク様？」

「うん」

短い返事の中に、これまでにはなかった、弾むような喜びが含まれている。

胸が高鳴り、シダエはうろたえた。少女用のドレスを着て王城で過ごしていた自分が、心のどこかに佇《たたず》んでいる気がする。一輪の赤い薔薇を手にして、はにかんで……。

――昔のことだわ、と切り捨てながらも、ルディク様、と心の中で呼んでしまう。

ルディク様、ルディク様、と何度も。すると、馬上で背後から支えてくれる男は、それさえも聞き取ったように笑った。

「……っ」

たくましい腕をつかむ指先がふるえ、シダエは気づかれないよう慎重に力を込めた。

一行は小さな町を抜け、細い道を進んでいた。

高い木々や茂みが撤去された曲がりくねる道は、まばらに生えた下草や、硬い土にめり込む灰色の岩が見送るばかりの寂しげなものだった。

やがて現れた三叉路《さんさろ》をまっすぐ進むと、すぐ先に、垂れ下がる柳の枝を門番のように左右に従えた、厚みのある黒ずんだ城門塔が現れた。

「ここから城だ」

落とし格子が上げられ、奥の鉄扉も開けられた門をくぐり、槍を掲げた数人の兵士に見送られて先に続く坂道を登りはじめると、ルディクの懐に預ける身体の傾きが大きくなっていく。

緊張したままぎこちなく揺れるシダエをどう思ったのか、辺境伯は腰に回す手に力を込めて引き寄せ、自身の身体に深くもたれさせてくれた。

「ありがとうございます……」

仕方ないのよ、という体《てい》で礼を言い、ゆっくりと力を抜く。返事はなかったが、一度、大きく息を吸った男の胸元がふくらんだのがわかった。

いくつもの見張り塔が立ち、歩廊のついた城壁に見下ろされて進むと、壁が途切れて内門に着く。

奥の中庭には騎士や兵士たちをはじめ、城で勤める多くの者たちが威儀を正して並んでいた。

黒馬はついに足を止め、滑るように降りたルディクが、均衡を崩してふらついたシダエの手をすぐにつかんで引き寄せた。

金色の髪が腰あたりでさざめくように揺れ、気づけばシダエはむき出しの黒い土の上に立ち、太く硬い腕の中にいた。同じ姿勢で馬の背に揺られていたせいか、下肢が強張り、立っていられないほどで、力強い支えがありがたかった。

「おめでとうございます！」

濃い褐色の上着にたくましい体軀《たいく》を包んだ壮年の男が、胴間声を張り上げる。それを皮切りに、互いの身体の側面を密着させて立つ領主とその花嫁に、一斉に声がかけられた。

おめでとうございます、お帰りなさいませ——そんな声を割り、真っ先に声を上げた壮年の男が近づいてくる。

「花嫁を無事に迎えられ、まずは安心しました」

男は、がっしりした四角い顎に黒いひげをたくわえていた。太い眉の下の力強く光る濃い色の目がルディクに、そしてシダエに向けられた。

「お美しい方ですな」

「俺の父方の伯父だ。トリシュ伯クスター。城代も務めている」

「シダエ・ディアンです。出迎えに感謝します」

クスターは無言で、目と同じ色のふさふさとした頭髪を軽く下げた。

あまりにそっけない態度にたじろいだが、心を守るために身につけた表向きの微笑を顔に貼りつけたまま、シダエは鷹揚《おうよう》に頷いた。

「伯父上、後をお願いしても？　俺は、シダエを連れていきます」

長靴を踏み出しながら、ルディクはあたりを見回した。ほかの騎士たちもすでに到着していて、中庭は大勢の人と馬のいななきで騒がしくなりはじめていた。

「わかっています、休んでください」

クスターは丁重に答えながらも、身内にだけ通じるような砕けた笑みを浮かべて手を挙げ、背を向けた。その濃い色の目が自分をすばやく一瞥していくのを、シダエの青灰色の目はしっかりとらえた。

「行きましょう、ルディク様」

シダエはわずかな不安を隠すように顔を上げ、城を見た。

「中に連れていってくださるのでしょう？」

そして片手でドレスの裾を持ち上げ、足を踏み出した——途端、カクン、と膝が折れる。すぐさま腕が伸びて支えられたが、恥ずかしさに耳まで熱くなる。

「……す、すみません」

「無理しなくていい」

シダエの肩に背後から顎を乗せるようにして、ルディクは口元を近づけた。

「このまま抱えて行こうか？」

「……いいえ！　だいじょうぶです、自分の足で歩けます」

きっぱりと答えながらも膝はまだふるえていて、踏み出せない。そもそも、立つことも満足にできていなかった。

しかし夫となった男は強がりを笑わず、嘆息した。

「そうか、残念だ」

「残念？」

なんでもない、とつぶやいたルディクは、シダエを支え直して歩きだした。

「では一緒に行こう。アラルーシア辺境伯夫人シダエ・ディアン、俺の花嫁」

中庭を睥睨する巨大な主塔は、組み立て式の斜台を置いた二階部分が入り口で、風除《かぜよ》けの小部屋を過ぎれば城の中心に出る。

木製の天井に見下されるその大広間の床には、白い布で覆われたいくつものテーブルが並べられ、色とりどりの花や羊歯《しだ》で飾りつけられていた。

料理はまだのようだった。奥にある細い出入り口から行き来する数人とともに、肉を焼き、香草をたっぷり使って煮ているような匂いがしてくるだけだ。

「準備があるから、ここにはいないほうがいい」

「はい……」

最奥の壁に吊り下げられた、金房の飾りがついた美しい紋章旗を見つめたまま、シダエはぼんやりと頷いた。

金色の狼が描かれたその旗の下に大広間を一望できる高座が設けられ、そこにも白い布で覆ったテーブルがすでに用意されている。

高座を横目に壁沿いにある小さな扉を通ると、さらに奥へと続く通路があった。

途中でふたつに分かれた通路の一方は、壁に添って螺旋になっている階段だ。階《きざはし》の幅は広く、明かりとりから落ちる白い光がまだらに模様をつけている。

ルディクが階段に足をかけたので、シダエは通路の先を視線で示した。

「あちらは？」

「主塔につなげた居館だ。図書室や仕立て部屋もある。後で案内するが、先にこちらを」

誘うように、腕をつかむ手に力がこめられる。

「昇れるか？」

「はい」

ルディクに背後から支えられるようにして、シダエは片手で外套の裾を持ち上げ、足を上げた。どうにか回復したようだ。

カツ、カツ、とふたり分の足音が階段に密《ひそ》かに続き、やがて大広間の上階に当たる空間に出た。

「手前は執務室だ」

階段と同じく細い通路に並んだ扉のひとつを指差し、ルディクはさらに足を進める。

「奥が寝室」

緑色の扉の先は、ふたつある窓の鎧戸《よろいど》が開け放たれとても明るかった。

乾いた植物と蜜燭《みつろう》の匂いを吸い込みながら、シダエは部屋を見回した。

壁の一方には暖炉、その前に厚みのある深い青色の絨毯《じゅうたん》が敷かれている。中央には四柱式の柱が支える天蓋《てんがい》のついたベッド。就寝時に下ろされる群青色《ぐんじょういろ》の天鵞絨《ビロード》の帳《とばり》は開かれていて、清潔な白いシーツと、温かそうな毛布が見える。

シダエの背後を通り、濃い灰色の外套を手早く脱いだルディクは、それを歩きながらベッドの上に放って手招いた。

「シダエ、こちらに」

暖炉の反対側の壁の前には、花を抱く金髪の女性を織り込んだ厚手のタペストリーがかかっている。

「この奥を居間として使うといい」

「部屋になっているのですか?」

「ああ、城で一番、日当たりのいい場所だ」

タペストリーをめくると小さな内扉があり、キィとかすかな軋みを立てて開けば、ゆるく湾曲した壁に囲まれた部屋が現れた。

「荷物はすべてこちらに運ぶように言ってあるが、ほかに必要なものがあったら、好きに取り寄せてかまわない」

「ありがとうございます」

温かな色合いの床板は、とてもよく磨いてある。家具は女性用の華奢な足つきの棚がふたつと、葉の落ちた低木のような形をした、大きな金色の燭台《しょくだい》だけだ。

シダエはルディクの腕を抜け出すと、窓辺へと歩を進めた。

床よりも一段高くしたそこは、向き合わせの石のベンチが置かれ、絵つけしたタイルで飾りつけられている。

貴重なガラスを多く使って日射しを採り込む窓は、太い金色の枠で縁どられていた。そこには小さな薔薇が彫られ、花弁の部分に赤い輝石の欠片《かけら》がはめ込まれている。

「綺麗……」

繊細に作られたそのひとつに指先で触れながら、シダエは薄緑色のガラスの向こうに目を凝らした。

日当たりがいいという言葉の通り窓は南に面し、さきほど通ってきたペナの町を含めた城下の様子が一望できた。

それを見つめるうち、背後に立つ気配を感じてハッとする。

窓枠に置いた手に自身の手を重ねながら、ルディクが長身を寄せてきた。

「シダエ」

自分の名を呼ぶ声に含まれた熱に気づき、シダエは視線を落とした。触れている大きな手は日に焼け、あちこちに傷痕《きずあと》がある。

かすかに身じろぐと、剣を使う節張った長い指がシダエの指の間に差し込まれ、キュッと強く握られた。

「……！」

手を引こうとしたシダエは、自分たちがすでに夫婦なのだと思い出し、動きを止めた。手を握られるのにも、包み込むように背後に寄り添う大きな身体にも、慣れなければ……。

「……あの」

それでも戸惑う声が漏れる。すると返事の代わりなのか、ルディクはさらに手に力を入れてきた。深く指の股に割り込んだ指に押され、シダエの爪《つめ》がガラスを掻《か》く。
キ、キ、と。その音が、自分の心の音に思えた。軋み、かすれた、悲鳴のような。

伏せた目に、ふと、窓の縁を飾る薔薇の細工が映る。

薔薇。赤い薔薇……。

わたしのことを覚えていますか、と問いたかった。

あの日——五年前、わたしの膝に置いた赤い薔薇を？

そしてその夜、一緒に踊ってほしいと頼んだ十三歳の少女を……？

「……手を放してください、辺境伯」

結局、開いた口からは、思いもしなかった拒否の言葉が飛び出ていた。

返事はなかった。ただ一瞬、男の手の甲に骨の形がくっきりと浮き、するりと落ちるように外されていく。

シダエはすばやく手を下ろし、自分の胸元で両手を組み合わせた。そのとき冷たいものが指先に触れた。外套を留めるブローチだ。

——そう、狼の。わたしの夫の。

「……っ」

貴婦人として、妻として、教えられたように振る舞えなかった自分が情けなくなる。

なぜ放してください、と口にしてしまったのだろう？

城に入るまで——入ってからも、ずっと手をつないでいたのに。いまさら。

胸元で握り合わせる自分の手は、まだふるえていた。きつく握り締め、シダエは認める。

怖くなったのだ、と。

ここではふたりきりだった。しかも、だれも容易には入ってこない領主夫妻の個人的な部屋で……。

「シダエ？」

振り向くことを請うような、優しい声音で呼ばれる。

だがシダエは応えなかった。俯いたまま、じっとしていた。

いっそ命じればいいのに、と思った。そうすれば夫に従う妻として、役割を果たすために振り返られるのに……。

西に傾き、夕刻の色が混ざりはじめた陽《ひ》の光が、撫でるように柔らかくシダエの金色の髪の上に落ちている。ルディクは指先で、光で曖昧《あいまい》になった輪郭を確かめようとするように髪に触れてきたが、それもわずかな時間で、すぐに身体ごと離れていった。

長靴の底が床を弾き、「シダエ」と低い声がそれに続く。

「俺たちは夫婦になった。早く俺に慣れてほしい」

そう言い残して去っていく足音に、パサリと落ちたタペストリーの音が重なる。

やがて寝室の扉が閉じる音もかすかに聞こえると、シダエは大きく息を吸い、吐き出した。

それでも、鼓動とともに胸に押し寄せるものはなくならない。

むしろ、ひどくなった気がする。

名前をつけて分類できないその感情を厭《いと》うように、唇を嚙《か》み締めると、力を込めすぎたのか、ピリッと刺すような痛みが走った。

＊＊＊

濃淡で模様を作る嵌木《はめき》細工の床の上に書架やいくつもの机が置かれた執務室は、インクと書物の匂いが混じっている。

ルディクは後ろ手に扉を閉め、壁に吊られたベルの紐《ひも》を引いてから、中央のテーブルに向かって身を屈めた。

手を置いた歪《いびつ》な楕円をした白木の天板には、アラルーシア州が描かれている。町や村は当然として、国境を守って点在する城や砦《とりで》、小さな見張り塔のひとつまで名称とともに書き込まれた精緻《せいち》な地図だ。

街道を示すリボンのような線のひとつを南にたどれば、それはすぐに、天板の縁で途切れてしまう。

アラルーシア領の先――この先にあるコリス市から花嫁は来たのだ。

ルディクは指を弾いて手を離し、木製の椅子のひとつを引くと、長い足を投げ出すようにして腰を下ろした。

ふう、と知らず息がもれた口元に手を当て、目を閉じる。

「……」

しかしすぐに手を外し、瞼を開いてその手のひらをじっと見つめた。

ついさきほどまで触れていた白い手を思い出す。自分の、荒れた硬い手で触れるのが恐ろしくなるほどの、美しく華奢なそれ。

だが、手だけではない。彼女の細い腰——あの腰に腕を回したとき、どこに、どこまで力を入れていいかわからず焦った。それでも一度、懐に収めてしまうと、外套越しにもわかる柔らかな身体を力任せに抱きしめたくなり、もっと焦った。

繊細な金色の髪も、泡立てた卵白のように美しく柔らかそうな肌も。そう、春の夜に香る花のような匂いもすべてが好ましい。

だが一番は青灰色の目だ。とても礼儀正しいくせに、ときおり、あの青灰色に心がそのまま表れる。不安で揺れたり、ムッとしたり、楽しそうに輝く。

澄ました貴婦人の顔などせず、早くあの目でまっすぐ自分を見てほしい。

自分だけを。

「……ふ」

浮かれていることに気づいて、自嘲《じちょう》を含んだ笑いが漏れた。

まるで自制の利かない十代の子供のようだ。

だが所有を疑わず、髪に、肌に——すべてに触れていいのだと思うだけで昂《たかぶ》るのは事実だった。ソロン州から引き上げる道程、どれだけ我慢していたか知ったら、礼儀正しくあろうとする妻は、どんな顔をするだろう……。

ゆるんでしまう口元をふたたび手で押さえたとき、扉が叩かれた。

返事をすると控えめに開けられ、白い頭巾で頭髪をまとめた中年の女が顔を覗かせた。

「お呼びですか」

「シダエが寝室の奥の部屋にいる。湯に入れるように用意してやってくれ」

女は片眉を跳ね上げ、かすかに鼻を鳴らした。

「もちろんです。お城まで大変だったでしょうから、温まって、お着替えいただきましょう」

「頼む、アニス」

閉じた扉の向こうでなにかまだ文句が聞こえたが、内容は想像できた。貴婦人をあんなふうに馬に乗せて、とか言っているのだ、きっと。

シダエには、代々花嫁はそうやって入城すると言った。たしかに昔はそうだったが、同じくコリス市から嫁いできた祖母は豪奢な馬車で乗りつけた後、城までの狭い道は男四人が担ぐ輿《こし》で上がってきたたし、母に至ってはこの城で生まれ育ったのだからそんな古い慣習は必要なかった。

アニスをはじめ城の女たちは新しい奥方に同情しているだろう。

たしかに、緊張で強張っていた馬上での様子や、降りてからのふらふらとした足取りを思い出すと、可哀想《かわいそう》なことをしたと胸が痛む。

だが、一緒に城に入りたかった。婚姻が決まってからの四十日以上も、顔を見ることもできなかったのだから。

馬くらいなんだ、と思った。それにシダエを城にこもらせるつもりはない。また馬に乗せて、ふたりで出かけてみたい……。

「いま、よろしいか？」

コツコツ、と乾いた音とともに扉の外から声をかけられた。

馬が駆ける頭の中を切り替えて振り返ると、開いた扉から伯父のクスターが顔を見せた。

ルディクは頷いて、椅子に座り直す。

「どうぞ、伯父上。下の準備は？」

椅子を数脚はさんで座ったクスターの横顔に目をやると、父の兄に当たる男は、顎にたくわえた黒いひげを指先でいじりだした。

「心配ない。大広間は綺麗に飾りつけられ、料理も次々仕上げられているし、アラルーシア自慢の酒を先に開けている奴もいない」

「騎士たちは？」

「大広間に入る前に大浴場に案内したから、祝宴ではこざっぱりしているだろう。王家の血を引くお姫様の手を取っても、驚かれないぐらいには。全員、お姫様と踊りたがるな」

伯父と甥《おい》、ふたりきりのときには砕けた口調になる。しかし揶揄《やゆ》には答えず、ルディクは緑色の目を狭めた。……シダエと踊る？　そんなことは許さない。祝宴で花嫁は踊らないと、そんな慣習がなくとも認めなかっただろう。

ルディクは細く息を吸い、「それで」と切り出した。

「話とは、伯父上？」

クスターはひげに触れようとしてか、持ち上げた太い指を宙でグッと丸め、結局そのまま膝に戻しながら甥を見た。

「……まずはやはり、おめでとう、と言うべきだろうな」

「ありがとうございます」

「よせ。笑うな、ルディク。反対していた俺への皮肉か」

六歳で両親が事故で亡くなってから、気落ちした祖父母よりもよほどしっかりとルディクを教育してくれた伯父はすべて見通しているように苦笑し、やがて声を上げて笑いだした。

「ファーゲン王にしてやられた気もするが、婚姻の誓約書も納められては、俺ももう反対はできない。おめでとう」

ルディクは領主らしく鷹揚に頷きながら、頭の片隅ではこの婚姻の発端を思い返していた。

ソロン州の暴動を治めるための力と、若い辺境伯につける鎖として持ちかけられていた政略結婚だった。

しかしルディクも、王権の威信を背負う王女を娶《めと》れば、なにかとうるさい輩《やから》への牽制《けんせい》にもなるかと——それもいいかと考え、ようやく承諾したのだ。

だがソロン州への行軍の途上、王城で真っ先にルディクを迎えたのは王ではなく、その実弟ディアン大公だった。

王女ではなく、自分の娘をもらってほしいと大公は申し出てきた。

王の顧問官として務める大公は、王冠を戴く実兄よりも切れ者で知られている。返して言えば、王よりも味方とするに心強い。その娘ならば、と思ったのもたしかだった。

だが大公の話を聞き、そして彼女を——王の執務室でシダエ・ディアンを見たとき、そんな領主としての計算は頭から消えていた。

どうしてもこの姫が欲しいとしか思えず……。

「……それでもやはり言わせてもらうが」

コツ、と硬い音がして、ルディクは我に返る。ひとつ瞬いて金髪の面影を消して目をやれば、伯父がその太い指先でテーブルを弾いたところだった。

「おまえは一族の娘を妻にするべきだった。何度も言ったが、狼にふさわしい娘をな」

「……」

ルディクは不機嫌さを示して顔をしかめた。半年前に亡くなった祖母は、ファーゲン王の大伯母に当たる。歳《とし》をとってもたおやかな白い貴婦人の手をしていた先代辺境伯夫人を、クスターは嫌っていた。

「泣き暮らすばかりで、責任も放棄するような女はだめだ！」

「シダエはそうじゃない」

反射的に、ルディクはそう言い返していた。

伯父の太い眉の下の、濃い色の目がチカッと光る。

「……ふん、ちょっと話しただけでわかるのか？　ひどい噂を立てられ、母親の実家に逃げ込んでいたような姫なのだろう？」

「大公は、彼女を守ろうとしただけだ」

シダエの噂を耳にするたび、胸の奥がスッと冷える。ディアン大公から詳細を聞いたときは、噂の元になった男の首級を奪いに行きたくてたまらなかったほどだ。

「守る？　守ったと言えるか？」

「……伯父上？」

太い笑い声を耳にした途端、ルディクは顔を上げ、肩を揺らすクスターを睨みつけた。

「だが、小心者の王家の男ならやりそうだ！　相手の男を捻《ひね》りつぶすこともせずに、か弱い女を隠すことしかできない。……まあ、噂の真偽はどうでもいいが、そういう姫を妻にして、おまえまでがなにかを言われるのは、俺には我慢ならん」

「噂。──噂！」

ルディクは立ち上がった。椅子が背後で倒れ、ガタン、と大きな音を立てて転がる。

「もし妻に関してよからぬ噂が続くなら、俺自身が対処する。──いま、この場でも！」

「……っ」

クスターは言い負かされた子供のように、唇を引き曲げて押し黙った。指先がテーブルの上を這《は》い、コツコツと叩く。やがて手を止め、低い声で唸った。

「……それで、仲良くはやっていけそうか」

「どういう意味で？」

「俺だって、甥が幸せになれるか気になる。……手応えとしては悪くないのだろう？」

伯父の心配はもっともなことだった。先代アラルーシア辺境伯であった祖父と、王の血筋だった祖母は、最後まで冷たい夫婦のままだった。ルディクを産んだ、彼らのただひとりの娘を失ってからは顔を合わせることもしなかった。

不幸な結婚を間近で見てきただけに、クスターも心配しているのだろう。

しかしルディクは、伯父に素っ気なく答えた。

「五年前に会っていたことも覚えてないので、これからですよ」

「なに？」

「ソロンに行く前、王城で……、シダエは俺に、はじめましてと挨拶した」

「前に会っていたのか？　五年前？　おまえが王城に行ったときか、あのくだらない催事とかで」

「そうです、そのくだらない催事で、知らなかったとはいえ赤い薔薇を捧げた俺を、覚えていなかったようです」

クスターは眉根を寄せ、テーブルを叩いていた指を丸めて自身の口元に当てた。

笑いをこらえているのだと長年のつき合いから察したルディクは、そんな伯父に背を向け、テーブルを回って窓に近づいた。

薄青いガラスを通して見える山並みに、金色の光が射している。

じき、夕暮れだ。

山に表情を与える雪渓が翳っていく様子を見つめながら、ルディクは自身の手にいくつもある、傷痕のひとつを撫でた。昔にはなかった傷だ。

昔——そう、思い出すのは、光溢《あふ》れる季節の王城の中庭。

叙任されたばかりの騎士が行う、本来ならば誇らしい思い出となるはずの催事で、ルディクは十七歳だった。自尊心と背ばかり高い若者だった。

その若者の、初めての登城に対する緊張は、すぐに怒りと失望に変わった。王城での無駄なしきたりや、貴族たちの冷たい眼差《まなざ》しや陰湿な言葉に晒《さら》されて。

そして、あれも嫌がらせのひとつだったと今ならわかるが、催事には遅れて到着することになり、しかも王の前で王女たちのいずれかに白い薔薇を捧げるなど教える者もなく、うろたえる羽目になった。

だがやらなければならないのだろう——その場で見回したとき、一列に並ぶ椅子の端に座った少女が目に飛び込んできた。

どの王女も薔薇をもらっているのに、彼女の前にはだれもいなかった。綺麗な明るい金髪の、頬を紅潮させて微笑んでいた少女。とても可愛らしいのに……。

ルディクはとっさに、彼女の前に足を進めていた。

青灰色の目で見上げられたとき、自分が捧げる薔薇を持っていなかったことに気づいた。慌てて、近くの花器に飾ってあった薔薇を取って差し出したが、少女はポカンとしたままだった。

間違えたことをしたのだろうか、と急に恥ずかしくなったことを覚えている。そして見つめられることに耐えられなくなり、彼女の膝に薔薇を置いて逃げるように去ったのだ。

催事で騎士が捧げる赤い薔薇に、王城では妙な意味を持たせていると知ったのは後のことで——また、ひどく揶揄《からか》われた。

そのせいで、たった十三歳の少女にひどい言葉を吐いてしまった。

催事の夜の宴会で、わたしと踊ってください、と赤い薔薇を手にして誘いに来た少女。

成人前とはいえ自分の立場を理解する歳だ。どんなに勇気がいっただろうと、後で悔いた。

だがそのときは、思いやることができなかった。

十三歳の少女の目には理想の騎士として映ったのかもしれないが、まだ十七歳だったのだ。

「……」

ルディクはもう一度、手の甲にある傷痕をなぞった。

あの頃の自分とは違うと、指先に伝わる皮膚の引き攣れで確認するように。

黒狼。アラルーシア辺境伯。ウルディオ家の当主——それらの名を負うに足る男になった。

十七歳のときとは違う。二度とシダエを傷つけない……。

「まあ、どうであれ無事に妻になったのだし、よかろうが」

やがて、クスターが肩を竦めてそう言ってきた。

ルディクは肌を浅く切りつけられたような不快さに眉をひそめ、そうではない、と胸中でつぶやく。

欲しいものは、それだけではない。

王の執務室で再会した彼女は、はじめまして、と挨拶してきた。この結婚は命令に従っただけで、五年前のことを匂わせることさえ許さないような頑《かたく》なな態度だった。

その後もシダエはしとやかに微笑み、従順な答えを返すばかりだ。貴婦人の礼儀を鎧のようにまとい、心を隠して。

ほかの女ならそれでもよかっただろう。

だがシダエにだけは、そうしてほしくなかった。

「……形だけの妻など必要ない」

ひとりごちて口の端を歪めると、ガラスに映る黒狼と呼ばれる男もまた、同じ笑みを浮かべて見つめ返してきた。

三章

王城よりも古いアラルーシア城の大広間には、年を重ねた荘厳な美しさがあった。目の高さに合わせた壁龕《へきがん》の細かな装飾、よく磨かれ艶のある嵌木細工の床。天井には黒塗りの梁が重なり、そこに巨大な円型燭台が太い鎖で吊るされ、林立する蠟燭の灯りが集う人々を照らす。

並べられたテーブルには、豪華な料理が用意された。羽根や花で飾られた丸焼きの鳥をはじめ、切り分けられた肉料理、燻製《くんせい》や酢漬けにされた魚。ベリーを散らばせた菓子類、肉や野菜を詰めた何種類ものパイ。咲き誇る花のように切り揃えられた果物……。

取っ手のついた細口の壺《つぼ》が林立し、テーブルを埋めていた。

壺の色で中身がわかるようになっていて、赤は葡萄酒《ぶどうしゅ》、黄色は蜂蜜酒《はちみつしゅ》、薄い紅色は林檎《りんご》や梨などの甘みの強い果実酒だった。

「……」

高座の中央に座るシダエは、アラルーシアは果実酒の醸造も盛んだったことを思い出しながら、自分の前に用意された銀製の華奢な酒杯を持ち上げた。

とろりと揺れる中身は赤く、甘酸っぱい香りが鼻腔《びこう》に抜ける。

ひと口飲んだ途端、カッと喉《のど》が焼けた。案外、強いものだったようだ。だが、喉の渇きは治まらない。シダエは酒杯を傾け、飲み干した。

　すると、高座の目の前に並ぶテーブルにいた男たちが何事か囃《はや》した。

　シダエは反射的に微笑んで見回した。

　祝宴がはじまる前に挨拶は受けたが、どの顔がなんという名前だったか一致しない。

　思い出そうとしたとき、赤ら顔をして下品な大声で笑う彼らの姿がぼやけていった。

　それどころか、視界全体が揺れはじめてきた。大広間の二階の桟敷で演奏している楽士たちの、賑やかな音楽も間遠になっていく。

　これ以上、口にしたらダメね――シダエは酒杯を置こうとした。

「空きました？」

　ふふ、と笑って、シダエの前にあった紅色の壺に手を伸ばしてきたのは、長い黒髪の女だった。

「アラルーシア自慢の果実酒ですよ、楽しんでください」

「……まあ、ありがとう」

　シダエはゆっくりと首を傾げ、空になった酒杯を差し出した。

　深紅のドレスを着た女は、白くふんわりとした袖布をうまくさばいて酒を注ぐ。

「エヴェリナです。エヴェリナ・トリシュ」

「まあ……、トリシュ伯の」

　尊大な態度で冷たく見てくるあの男の娘なのね、とシダエはぼんやりと理解した。

見れば、クスターは笑い合う騎士たちに混じっている。エヴェリナは父の代わりに座ってくれたのだろう。

「お料理はいかがですか？　洗練されたものを見慣れているシダエ様には、物足りないかと思いますが」

「そんなこと……」

曖昧に微笑み、答えなくて済むよう、シダエはごくごくと酒を飲んだ。

高座にもふんだんに料理は用意されていたが、ほとんど手をつけていない。それでも空腹は感じなかった。

胴衣《コルセット》の紐をきつく縛りすぎたかしら、と思った。祝宴の前に湯に浸かったので、疲れているのかもしれない。

「シダエ様？　だいじょうぶですか？」

「え……？」

エヴェリナの女らしい赤い唇に視線を当て、眉根を寄せて忙しく瞬きしてしまう。

どう目を凝らしても、その唇がふたつに見えた。

「シダエ様？」

「――どうした？」

右隣に座っていた男が、椅子ごと寄せるようにして身体を傾けてきた。

「シダエ？」

「……はい」

ぎこちなく首をねじり、シダエは男を見る。

黒髪を後頭部でゆるく束ね、すっきりと現わした端整な顔立ち。細められた目の色は、精悍さを際立たせる飾りのように四つある――四つ……？

「……だいじょうぶ、です」

返事と裏腹に酔っていると自覚して、シダエは曲げた指で目元を擦った。

すぐさまルディクが手を伸ばして空になった酒杯を取り上げ、匂いを嗅ぐ。

「なにを飲んでいた？」

「キイチゴ酒よ」

答えたのはシダエの隣の女だった。それを注いだ壺を持ち上げ、笑う。

「子供が飲むようなものだわ」

「シダエ？　気分は？」

ルディクは従姉妹に当たるエヴェリナをチラッと見てから、頬に触れてきた。

大きな手は、ほんの少し冷たい。それは火照った頬に心地《ここち》よかったが、シダエは厭うようにそっと男の腕を押した。

「平気です」

「料理は？　さっき、パイを渡しただろう？」

たしかに祝宴がはじまると同時に、ルディクはパイや果物を取り揃えてくれた。食べきれないほど、たくさん。

　シダエはテーブルに目を落とした。――ない。

「……いただいた？　よう、です」

「ほかに食べたいものがあるか？」

「いりません」

　大広間に充満している匂いだけで、たっぷりと食事をした気分になってくる。指先で口元を押さえて、シダエは立ち上がろうとした。

「……っ」

　ぐらり、と視界が傾ぐ。しかしすぐに腰を上げたルディクが背後から手を回してきた。近づいた顔が険しくなっていくのが目の端に映り、胸がヒヤッとする。

「もうしわけ、ありません」

　垂らした袖布が料理に触れないようにして、足に力を入れる。

「少し、気分が……」

「休んだ方がいい。連れていこう」

　立ち上がったルディクが肩に手を置いてくると、大広間から太い歓声があがった。ふたりの夜を匂わす揶揄が飛び交い、笑い声が弾ける。

「――ひとりで戻れます」

　きつく拳《こぶし》を握り、貴婦人らしさを取り戻そうとしながら、シダエは微笑んだ。視界が回っているが、問題ではない。

「先に休んでおりますので」

全員に聞こえるように言ったつもりだが、その声は騒ぎに紛れて消えてしまった。

「わたしがつき添うわ」

「エヴェリナ？」

黒髪をさらりと揺らし、城代の娘はルディクから奪うようにシダエの腕をつかんできた。

「女には色々支度があるもの」

「……いや、いい」

ルディクはやんわりとエヴェリナの身体を押し、ふらふらしているシダエを腕の中にしまうようにして、背を向けた。

「俺が連れていく。上にはシダエの侍女がいるし、心配ない」

「──平気です、ひとりで」

「行こう、シダエ」

わたしの意見は必要ないらしい──シダエは投げやりな気分になり、ため息をついた。

喧騒《けんそう》を遠ざけるように、ぴったりとルディクの長身が寄り添ってくる。そのまま大広間から上階の寝室につながる通路に出ると、シダエはホッとし、同時に少し緊張した。

そのとき、壁に備えつけられた燭台から落ちる柔らかな灯りの中に、ファナの姿を見つけた。侍女はパッと顔を上げた。

「シダエ様！　心配でここでお待ちしていたんですよ！　あなたはこういう席に慣れていませんから……」

ファナはルディクに一礼すると、長く一緒にいる女たち特有の強引さを発揮し、抱きつくようにしてシダエを奪い取る。

「大変。酔ってらっしゃいますね？」

「わたし……、そんなに飲んでいないわ」

「そうですね、みんな、そう言います」

「……ほんとうだもの」

「はいはい。辺境伯様、わたしがシダエ様につき添いますので、どうぞお戻りくださいませ」

「上まで、俺が」

「だいじょうぶですよ。女には準備がありますし、わたしがいますから」

「だが」

「シダエ様もすぐに落ち着きます。――まあ、辺境伯様！　お呼びになっている方が、あちらに」

ファナは背後を目顔で示し、ルディクが振り向いている間にさっさと階段を昇ってしまう。

ディアン大公に仕えた名高い騎士の娘であるファナは、父親に似たのか女性にしては背が高く、力も強い。幼い頃からそうしていたように、シダエは馴染《なじ》んだファナの腕に身体を預けた。

見送る視線を感じたが、それも螺旋階段の内壁で遮られ、シダエは今度こそ心からホッとした。

「さあ、温まってください」

寝室に入るとファナは、小さな炎が踊る暖炉の前にシダエを立たせた。

「座れますか？」

「胸が苦しいの、ファナ」

シダエは自分の胸元に片手を当て、浅く息をついた。

「……なんだかとても苦しくて、痛いの」

「紐を締めすぎましたか？　少しお待ちくださいね、灯りを点《つ》けましょう」

侍女はすでに何年も暮らしているような様子で暖炉の上から蠟燭を取り、壁や低い棚の上にある燭台に小さな炎を移していく。

黄みを帯びた灯りが広がると、ファナはようやくシダエの背後に立ち、垂らしたままの金色の髪をすくい上げるようにしてまとめながら訊《き》いた。

「お湯を用意しますか？」

湯の支度をするのは、古いこの城でもそう手間のかかることではない。青い岩肌を見せる山々は花崗岩《かこうがん》を多く含むためか、地下から天然の湯が湧く。それを引いて、壁に添い管を張り巡らせることで簡単に湯を使うことができた。

祝宴の前に用意されたとき、労《ねぎら》うつもりでお礼を言ったシダエに、城で長く勤めていると言った女が笑って教えてくれたのだ。

「そうね……」

温まれば、この胸苦しさが治まるかもしれない。しかしその前にドレスを、と手繰るようにして裾を持ち上げると、察しのいいファナは手早く脇の紐を解いて「はい、腕を」と促し、脱がしてくれた。

ドレスの下に着ける薄い胴着も脱ぐと、胸元から腰まで覆う硬めの胴衣と、踝《くるぶし》までの肌着、長靴下に華奢な靴である。

貴婦人としてはいささかはしたないが、シダエは跳ねた泥を払うような仕草で靴を脱いだ。底に木を張った靴は床に転げて硬い音を立てた。

「寒いわ、ファナ」

「はいはい、すぐ終わります」

肌着は袖がないので、むき出しになった二の腕をさすると、前で腰を屈めたファナにその手をどけられる。

「あら、ほんとうに少しきつかったみたいですね」

紐で綴じて調節する前合わせの胴衣が、ファナの力でぐいぐい引っ張られた。その容赦ない動きで、シダエの細い身体が揺さぶられる。

「……ファナ」

「なんですか」

「あの……」

「はい？」

「あのね……」

シダエはゆっくりと、口元に手を当てた。

「……気持ち悪い」

＊　＊　＊

ファーゲン王に結婚するよう命じられたのは、十五歳のときだった。

王には六人の娘がいたので、そちらにまず条件のよいものを割り当てたのか、シダエの嫁ぎ先は、国内の小貴族、ゴーディル伯爵ネイスだった。

三十ほどの男で、手触りのいい上衣と胴着、貴婦人のような金銀宝石を身に着けるのを好み、頭から浴びてくるのかいつも香水の匂いがきつかった。

シダエは王の姪、貴族の娘である。どんな男性であれ夫として仕え、妻として支えるよう教えられて育った。

それでも、義務と割り切れない感情もある。

神経質な笑い方や、ささやくような声音が嫌いだった。すぐに肌に触れてくる、気味が悪いほど美しく手入れされた白い指も嫌いだった。

鼻の下の貧相な茶色のひげを何度むしり取ってやろうと思ったことか。

嫌でたまらなかったが、自分を見るたび厳しい顔をする父の前でそう口にすることは憚《はばか》られ、笑顔をなくし、やつれていった。

そして――。

婚約期間が半年に及び、じきに十六になり輿入れの日程が決まる秋の頃、事件は起きた。

王領の森で行われた大規模な狩猟大会で、ネイスは流れ矢に撃たれ怪我《けが》を負った。それだけならば頻繁にと言わないまでも、稀《まれ》にある事故として処理されるはずだった――が、ネイスは裁判を起こしたのだ。

シダエ・ディアン公女に殺されかけた、と。

騒ぎは王城中の耳目を集め、シダエは父のディアン大公によって、亡き母の実家サニケ伯爵家に軟禁された。

王自らも司法官として加わった裁判は、シダエが十六歳になる前に、王城の奥深くで速やかに決着した。

事故として処理され、婚約も白紙にされたのである。

だが、人を雇って婚約者を殺そうとした公女――という噂が消えることはなかった。

さらには、そこにもうひとつの噂も加わった。

貴婦人としての名誉を傷つける噂が。

シダエは表に出ることを恐れ、そのままサニケ伯爵家にこもることになったのだ……。


「……ファナ？」

目覚めたシダエは、斜めに柔らかく落ちる灯りを遮って動く影に気づいた。

ひどく喉が渇いている。眠ってしまったのね、と思いながらゆっくりと寝返りを打って横向きになり、シダエはもう一度、かすれた声で侍女を呼んだ。

「ファナ、お水……」

頬にかかった髪を払うと、大きな影が薄布のようにふわりと重なった。

「だいじょうぶか？」

「……辺境伯!?」

ギョッとして目を見開き、シダエは身体を起こした。

ベッドの脇に立っていた男は、腿《もも》まで覆う白いシャツと脚衣に着替えていた。

裸足《はだし》なのか、ペタリと床板を踏む音をさせて枕元に近づきながら、肩にかかるほどの黒髪を片手でかき上げる。しかしほどかれた髪は、かき上げる端からパラパラと落ちていった。

「ルディク、だ」

「……ルディク様」

瞬きも忘れて見入りながら繰り返すと、ルディクは頷いて、枕元《まくらもと》の小さな棚の上にあった水差しを持ち、グラスに中身を注いで差し出してきた。

「飲むといい」

「ありがとうございます」

グラスの細い足の部分を持ち、気をつけながら口に運ぶ。水は冷たく、ほのかな甘さを残して喉を潤した。

「あの……」

「もう少し」

頼むより早く、ルディクは持ったままだった水差しを近づけ、反射的に出したシダエの持つグラスにサッと注《つ》ぐ。

「ありがとうございます……」

ゆっくりと口に含みながら、シダエは視線をさまよわせた。

祝宴は終わったのだろう。夜更けの静けさが満ち、ときおり薪が爆ぜる音がやけに響く。

ベッドは暖炉側を除いて帳が下ろされていた。仄暗《ほのぐら》いその中、毛布の上に長身の影が歪んで落ちている。

たしか――シダエは夢の残滓《ざんし》を振り払い、頭を働かせた――そう、たしか、ドレスを脱がせてもらって、気分が悪くなって。

「具合は？」

「えっ？」

ギシ、と音を立ててベッドの縁に腰を下ろしたルディクに問われ、心臓が跳ねた。

「……だいじょうぶ、です」

「そうか」

「祝宴では、ご迷惑をおかけしました」

「いや、俺がよく見ているべきだった。……腹は？　なにか食べられるか？」

シダエは黙ったまま、首を横に振った。

「そうか」

片方の手をシーツの上に置いて少し身を乗り出したルディクは、もう片方の長い腕を上げ、乱れていたシダエの金色の髪を指先でそっと後ろに払った。

「……っ」

思わずビクッと、身体がふるえる。

髪先がかかる厚みのある肩の、薄いシャツ越しに見える筋肉の線。ゆるめられた襟元から覗く胸元——視線をそっと上げれば、シダエを見つめたまま動かない目の中に炎がかすかに映り込み、ちらちらと赤い光がまたたいていた。

暖炉からの光が男を斜めに照らし、いつもはひとつに縛っている黒髪の降りかかる、彫りの深い顔に淡い影が揺れている。

——黒狼。

シダエは手の中のグラスをキュッと握った。

ファナの手で胴衣は外されていたので、自分が肌着姿だと、ふと気づく。

袖のない白い肌着はレースや刺繍などの飾りはなかったが、手触りのよい高価な生地で作られている。しかし、だからといって鎧のようにしっかり防護するわけではない。

むしろ透けているのではないだろうか……？

シダエは少しずつ頬が赤らむのを自覚したが、いまさら恥ずかしがるのもどうだろう、と冷静な声が頭の隅で指摘してきた。

——夫婦が閨《ねや》ですることは、ちゃんと学んでいるでしょう？

「辺境伯……」

「ルディク」

「……ルディク様」

グラスの中身を飲み干して棚に戻し、空いた両手で下半身を覆う上掛けをつかんだシダエは、かつて教えられた通り、慎ましく目を伏せた。

「心からお仕えいたします。広いお心でお導きくださいませ」

寒さではないもので肌が粟立ったが、上掛けを引き被ることも、逆に夫を迎え入れるためにそれをめくることもできなかった。

書面上はすでに夫である男は、なかなか返事をしない。

沈黙が続く中、また薪が爆ぜ、暖炉の炎が揺らいだ。

暗褐色の帳に包まれたベッドの翳りがより濃くなった気がしたとき、ふわりと、馴染みのない匂いと熱が肌を撫でた。

パッと目を上げたシダエの正面に、黒髪がかかる顔があった。

いつもきっちりと束ねているところしか見ていなかったので、不思議な感じがする。違う男の人のようだ、と思った。

だが、印象を変えるその黒髪の垂れたひと房の奥にある、鋭い緑色の双眸は同じだ。

シダエはまた目を伏せ、ゆるく捲《まく》ったシャツの袖から続く、筋肉のくぼみがわかるたくましい前腕を見た。それが急に動いて、はさむようにしてシダエの腰の脇に置かれる。

男はそのまま、さらに身を乗り出してきた。シーツに突いた手の下でギシリと音がして、ベッドが沈む。

「俺は、おまえを妻にしたかった」

思いがけない言葉に、シダエはゆっくりと目線を上げる。

妻に？　妻にしたかった？

——もしかしてわたしを覚えているのだろうか。

十三歳のシダエ・ディアン公女を。薔薇を捧げる姫に選んだ、わたしを？

シダエは顔が熱くなっていくのを自覚した。耳の奥でなにかガンガンと鐘を突くような音がする。

「……あの……」

言いかけて、しかし凍ったように舌が止まってしまう。

——覚えていたところで、どうだというのだろう？

十三歳だった。赤い薔薇——あれを捧げられてわたしがどんな舞い上がったか、この人は知らないだろう。あまりに嬉しくて、普段はろくに目を合わせることもできない父にまで、赤い薔薇を見せて自慢したのだ。

そして単純にも、恋をした。……いいえ、恋をしたと思い込んだのよ、と訂正しつつ、シダエは自分の行動を思い出す。

催事の後、王城の大広間で宴会が行われ、大勢の男女で踊る輪ができていた。軽快な足音、笑い声、楽士たちが奏でる音。そんな喧騒の中、シダエは、若い騎士を見つけて駆け寄っていった。

踊ってください、と頼んで。

そして……。

そのとき感じた痛みに抉《えぐ》られ、心の一部が硬化する。この人はわたしを傷つけた。ひとりにしてくれ、薔薇に意味はないと、そう言ってわたしを拒絶した。

「……ありがとうございます」

シダエは口角を上げ、にっこりと微笑んだ。

「夫になるお方にそう望まれることは、女として嬉しいことですわ」

ルディクの言葉は、初夜で緊張する花嫁に対しての気遣いなのだ。求められていたと言われて喜ばない女はいないのだから。

「アラルーシア辺境伯の名に恥じないように、精一杯努めます」

ルディクは返事をしないまま、ゆっくりと身を引いていった。

男の身体の重みが失《う》せ、ベッドがわずかに揺れる。

「……そうじゃない、シダエ」

「は？」

「俺は、その……」

腕を上げたルディクは、長い指を櫛《くし》のように広げて髪をかき上げた。しかし下ろした手を追いかけるようにすぐにパサリと髪は落ち、表情を隠してしまう。

「……謝りたくて」

「謝る？」

すばやく聞き返した声は、音を外したように高くなった。

感情を抑えようと、シダエはごくりと唾《つば》を飲んで続ける。

「……なにを、でしょうか？　謝っていただくようなことなど、なにもありません。ええ、なにひとつ」

「……」

「わたしのほうこそ謝らなくてはなりませんわ。……初夜ですのに。先に休むなど、妻としてあるまじきことでした」

上掛けを握り込む手に一層、力を込めてシダエが言いきると、ルディクはあっさりと首を横に振った。

「いや、それはべつにいい」

「……え？　でも、あの、初夜で……床入りで」

「疲れていたのだろう。そのまま休ませるべきだったな、起こしてしまった。俺も適当に休むから、横になるといい」

「……」

シダエは項垂《うなだ》れた。

——べつにいい？　べつにいい、ですって？

両手がぶるぶるとふるえだす。

「それよりシダエ、話を……」

「ルディク様」

言葉を被せて遮り、顔を上げたシダエは、男の横顔をキッと睨んだ。

「わたしの噂を信じていらっしゃるのですね？」

怒りに似た強い感情で胸が塞《ふさ》がれ、声がかすれてしまう。驚いたようにこちらに顔を向けたルディクを睨んだまま、シダエはふるえる唇を開いた。

「わたしが、花嫁に、ふさわしくないと……だから、それはべつにいい、と」

「シダエ？」

「……純潔じゃないって、お、思って……！」

言葉を投げつけた後、ひゅっと息を吸ってシダエはしゃくり上げた。

我慢しようと思ってもさらに唇がふるえ、喉が詰まる。鼻の奥の痛みに合わせ涙が溢れ出ると、ついに上掛けを放して両手で顔を覆ってしまった。

ゴーディル伯爵ネイス。あの貧相なひげの男は、裁判に負け、婚約が破談になった後、シダエの名誉を傷つける嘘《うそ》をついて言いふらしたのだ。

自分と寝たとき、彼女はもう純潔ではなかったと。

婚約者を殺そうとしたのは、不貞を非難されたからだと言って。

ディアン大公は高潔で知られていたので、大部分の人は信じなかったかもしれない。

だがネイスが、だれも知らないはずのシダエの秘密まで明かすと、噂は信憑性《しんぴょうせい》を増して駆けめぐっていった。

シダエは母方のサニケ伯爵の館に引きこもり、ほとんどどこへも外出することなく過ごしながら、耳を塞ぎ、目をつぶってきた。

だから呼び出されて王城に行ったときも、恐ろしくてたまらなかった。

このままではいけない、王家の血を引く者としての責務を果たさなければと気負いながらも、二年ぶりでも人は公女の噂を覚えているだろうと想像するだけで足が竦んだ。

けれど行くしかなかった。父自ら迎えに来られては。

そして、王の執務室に並べられた色とりどりの砂糖菓子のような王女たちの端で、どれだけいたたまれない思いをしたか。

アラルーシア辺境伯は滅多に領地から出てこない。だからわたしの噂を知らないのだと、そう思わなければ立っていられなかった。

それでも大きな手に指先を握られて。

この姫です、と選ばれて……。

「……ふっ、うっ、ぅ……っ」

大きくしゃくり上げ、シダエは自分の心を認めた。

戸惑いや怒りといった複雑な感情の中に、喜びもあったことを。

――相手が、アラルーシア辺境伯だったからだ。

たとえ噂を知られていたのだとしても、初夜では純潔を証明できる。

なのに――なのに、それはべつにいい、ですって？

「わ、わたしは……っ！　だれにも、汚されてなんか、ないもの……っ」

「シダエ」

顔を覆って泣き続けていると、大きな身体が近づいてきた。壊れ物を扱うように、硬い腕がそっと慎重に回される。

「すまなかった、泣かないでくれ。……そんなつもりで言ったんじゃない。そうじゃない、そうじゃなくて」

シダエに向き合うように身体の位置を変えてベッドに乗り、ルディクはふるえる細い身体を抱く腕に力を込めてきた。

薄い布を通し、男の体温が伝わってくる。ひどく熱いわけではないのに、肌がピリピリと痺《しび》れた。さらに背中の中心をなぞるようにして手のひらが上へ移り、むき出しの肩をそっと包んできたので、シダエは竦んだ。

その小さなふるえが伝わったのか、ルディクの声はさらに優しいものになった。

「悪かった。結婚の義務にとらわれなくていいと、そう言いたかったんだ。ゆっくりでもいいと。俺は、おまえを大切にしたい」

「……」

「泣かないでくれ、すまなかった。許してほしい。……泣くな、頼むから」

ルディクは身体を離して、覗き込むように首を傾げながら、肩に置いた手を外した。そして顔を覆うシダエの手にその手を重ね、優しく引き剝がしていく。

ひくっ、とシダエはしゃくり上げ、目を開けた。

たぶん、ひどい顔をしている、と思った。貴婦人にあるまじき——王の姪である公女にふさわしくない、みっともない顔を。

だが間近で視線の絡む緑色の目は、安堵したように和らいでいった。

そっと指先が触れ、慎重に目元を拭われる。

「痛くないか?」

「……はい」

「赤くなっているな。……俺の指では痛いだろう。ちょっと待て」

手を止めたルディクは、上体を伸ばしながらシャツを頭から脱いだ。

長めの黒髪が落ちる広い肩は、女にはない硬い線をしている。斜めに照らす暖炉の灯りが筋肉のくぼみに陰影をつけ、際立たせた。

シダエは束《つか》の間《ま》、息を呑んで男の身体を見つめた。

たくましい胸元、波打つような筋肉のついた腹部――その肌の上には、白い筋になって残る傷があった。左肩に、脇腹に。いくつも。

同じような傷痕のある腕が伸び、脱いだシャツを鼻先につきつけられて反射的に両手で受け取ると、ルディクは頷いた。

「俺がやると痛いだろう？　それは綺麗だから、使うといい」

たしかに石鹸《せっけん》の香りがする。だが鼻腔をくすぐるそれよりも、シャツに残ったほのかな温かさがシダエの心をふるわせた。

「ありがとうございます……」

広げた両手にシャツを乗せ、そこに火照った顔を埋《うず》めた。目の奥までジンジンと痛むような熱で、めまいがする。

――期待をしてはいけない、と心の隅で小さな声が警告した。

あのときだってそうだった。
十七、八だったルディクが、十三歳の自分が思っていたほど大人ではなかったのだと、いまならわかる。慣れない王城でなにかあったのかもしれないと想像もつく。

それでも、冷たく拒絶されたときの痛みが、シダエを臆病にさせた。

彼は、妻になった女を気遣っているだけだ……。

「……あの」

目の前の力強い身体を目にしないように、顔を伏せたまま声をかけた。

「ルディク様、わたしは、だいじょうぶです」

「だいじょうぶ？」

「はい。妻に……妻にしてください」

軽く息を呑むような音がしただけで、返事はなかった。

花嫁の血がついたシーツは翌朝、夫に確認される。

ルディクに見てほしかった。だれにも汚されてなどいないと証明したい。

ただひとり、あなただけに捧げるのだと。身を以《もっ》て。

シダエは顔を上げた。

「あ、あの……」

また涙が滲んできたが、手にしていた大きなシャツで手早く拭い、そのままベッドの外に放った。布が床に着くよりはやく自分の肌着に手をかけ、するりと肩から滑り落とす。

「わたし、精一杯、努力いたします」

「……シダエ」

大きな乾いた手が重ねられ、肌着を脱ぐ動きを止められた。

「ふるえている」

「……寒いから、です」

ルディクは手を握ったままかすかに息を呑み、おもむろにベッドを軋ませ身体を近づけた。上掛けに包まれたシダエの下肢を跨ぐように両膝を突き、背を丸めて覗き込んでくる。長い黒髪が揺れ、むき出しの上半身に影が落ちた。

自分とはまるで違う身体の造りに、知らず見惚《みと》れてしまう。

あちこちに刻まれた傷痕さえもその美しさを損ねていなかった。鍛えた胸板は厚く、細く引き締まった腰に続く。紐でゆるく結んだ脚衣は、腰骨の半ばまで落ちていて――シダエはギュッと目を閉じた。

「温めてください……！」

言いきったのと、太い両腕が背に回されたのは同時だった。

強く引き寄せられ、石のように硬く、熱い身体にぴったりと肌を密着させられる。それでも、もっと、と隙間《すきま》をつぶすように、腕に力が込められた。

大きな手がシダエの金髪を乱して後頭部を抑え、もう一方の手がむき出しの細い腕をつかんで滑り落ちていく。

シダエ、と呼ばれた気がした。だが吐息だったのかもしれない。ハッとして身じろぐと、黒い影が覆い被さって――なにもわからなくなった。

「……ん、ぅ……？」

強く唇を押しつけられていた。

口づけされている——胸の奥がキュッと痛んで、シダエは目を閉じた。

頭の後ろを支えていた手の指が広がり、しっかりとつかまれた。反射的な拒絶も許さないように。

そうしてきつく抱かれたまま顔の角度が変わり、柔らかく濡《ぬ》れたものが下唇に触れてきた。

驚いて開いた唇を割り、厚みのある舌がするりと差し入れられる。

鼓動とともに跳ねた身体を宥《なだ》めるように、舌先は歯列を軽くなぞっていく。喉の奥でかすかな声を上げると、ゆっくりと離れた。

だが男の腕は抱き締めたまま動かず、ひどく間近で唇が動いた。

「……はじめたら、やめられない」

「は、はい……？」

「優しくするよう努力するが、おまえが頼んでもやめられないと思う。……いいか？」

「……っ」

全身がカッと熱くなった。はい、と答えたつもりだったが、速すぎる鼓動の立てる大きな音で届かなかったのではないかと思い、もう一度「はい！」と大きな声で言った。

シダエの肩先が触れる男の厚い胸板が呼吸で大きくふくらんだ。

そして一拍置いて、鼻を擦り合わせるようにして顔を寄せてくる。

「シダエ……」

ふ、と漏らした吐息ごと、何度も啄《ついば》むようにして唇を重ねられる。

頭の後ろに添えられていた手が金色の髪を乱して下げられ、うなじを優しくつかんだ。自然、仰向《あおむ》いた顔に、角度を変えて唇を押し当てられる。

男の舌に、薄く開いた唇の合わせ目をくすぐられた。わななきながら唇を開くと、ルディクの舌がすぐに深く入り、小さな咥内《こうない》を探られる。

甘い侵略に、シダエの身体がさらにふるえた。反射的に動いた舌先を優しく舐《な》められ、絡められ、吸われて――。

「う……ん……っ」

互いの唇から漏れる濡れた音に煽《あお》られ、シダエはふらふらと両手を上げた。

指先を引き締まった腰の側面にそれぞれ置くと、まるで氷か火でも押しつけられたかのように、ルディクはビクッとして下半身を引いた。

同時に唇が離される。

「あ……」

思わず漏らした声に含まれたものを正確に読み取ったのか、ルディクは暖炉の灯りで輪郭を淡く照らされた横顔に、うっすらと微笑みを浮かべた。

「まだ寒いか？」

「え……？　い、いいえ……」

暑いくらいです――と答える前に、そうか、とつぶやいたルディクは身体をずらし、シダエの下肢を包んでいた上掛けをすばやく取り去ってしまった。

乱れた肌着の裾から、むき出しの白い足が覗いていた。シダエは羞恥とともに両膝を立て、裾を引っ張ろうとした。

その手をつかまれ、指を絡めて握られる。

そして、ゆっくりと仰向けに倒された。軽い音がして、金色の髪がシーツに広がっていく。

ルディクは自身の身体で覆うようにして、横たわったシダエを組み敷いた。

つないだままの手をシダエの顔の脇に置き、もう一方の肘《ひじ》をついて重みがかからないようにしている。それでもたくましい身体の圧迫感と熱に全身を甘くきつく縛《いまし》められるようで、息が苦しくなった。

「……ルディク様」

「うん？」

肘をついたほうの手で、何度もシダエの髪を梳きながら、男は見下ろす目を細める。

「……やめないぞ？」

「そ、それは、はい、……お願いします」

顔から湯気が出ているのではないだろうか、とシダエは思った。顔が熱くてたまらない。

じわりと浮いた涙のせいで、長い黒髪に縁どられた顔が歪んで見える。

「……と、帳は……？」

四柱式のベッドを包む帳は、暖炉側だけが開いていた。黄みを帯びたほのかな光は、三方を囲ったベッドの中を淫靡《いんび》に照らしている。

「灯りが……」

「気にしなくていい」

でも、と続けた声は、ルディクの口の中でくぐもる呻《うめ》きに変えられた。

口づけはすぐにまた熱を煽るような激しいものになった。絡めた舌を吸われ、わずかな痛みとともに胸の奥を貫いた未知の感覚に、シダエは握り合わせた手を丸める。

「は……ぁっ、ん……」

濡れた音を立て唇が離れ、食《は》むように下唇を愛撫《あいぶ》される。

何度も何度も惜しむように唇を合わせ、やがて男の唇は火照った肌へと移っていく。

頬へ、耳へ、顎へ――首の付け根の、美しい曲線を辿《たど》り、その下に……。

ほどかれている黒髪の毛先が、追いかけるようにして肌をくすぐっていく。シダエはかすかに身をよじって自由なほうの手を上げようとしたが、それはただ、肘をつくルディクの二の腕あたりをさまよっただけだった。

「あ……っ」

握っていた手が離され、胸元を探るように手のひらが動いた。所有を主張するように躊躇なく乳房を包まれ、揉《も》まれる。

硬くなった先端が薄い肌着越しに擦られた。

「……ぁあ……！」

シダエはシーツに押しつけるように頭を反らせた。

胸の間を舐められ、曲線を確かめるように唇を這わされる。

優しく、けれど執拗《しつよう》に続けられる乳房への愛撫に、胸の奥をねじられるような痛みが走った。

その痛みに似たものは下腹部をふるわせ、足の間を疼《うず》かせる。

男の重い身体の下で、両膝を擦り合わせるように身をよじった。ああ……！　と上げた声が、帳に囲われた暗いベッドの天蓋で溶けていく。

「……シダエ」

ふと、ルディクの手が止まった。

上げた顔に長い髪がはらりと落ち、その合間に覗く緑色の双眸をぼんやりと見返すと、男はゆっくりと上体を起こした。

「ルディク様……？」

「これか？」

肌着の襟元から浅く手を差し入れ、指先で左の乳房の滑らかなふくらみに触れてくる。

内側の、ちょうど心臓の上あたりだった。

「ここを、見られたのか？」

「え……？」

ぴく、と身体をふるわせ、シダエは目を見開いた。

ルディクがなにを訊いているのか、一瞬、わからなかった。しかし、硬い指の下にあるものと結び合わせて思い至ると、ズキリと心が痛んだ。

「……やっぱり、噂を、ご存じだったのですね？」

純潔ではないという噂は、元婚約者の自慢を込めたひと言で信憑性を増したのだ。

公女の左胸には可愛らしい痣《あざ》があるのですよ、という。

「う、噂を」

「噂のことはどうでもいい。俺は、ここを見られたのか、それを知りたい」

釈然としない言い様だったが、ルディクの声音に従わなくてはならないような厳しいものを感じ、シダエは頷いた。

「……見られたのだと思います」

痣は胸の間の左寄り、ふくらみの上にぽつりとあった。爪ほどの大きさのものだが、その濃い赤は白い肌の上であまりに鮮やかに、扇情的に目を惹《ひ》く。

シダエは年頃になると襟ぐりの小さなドレスを選び、ほかの姫たちのように、ふくらみはじめた乳房の上側を見せつけ、異性の視線を集めて楽しむ真似《まね》はけしてしなかった。

だが――。

「婚約のお祝いに、と王妃様に仕立てていただいたドレスが、その……、胸元が大きく開いているもので、そのときに」

「触らせたのか」

「……まさか！」

シダエはカッとして、肘をついて上半身を起こそうとした。

上にいる男のせいで完全に起こすことができなかったが、それでも身体を戻さず、間近で睨む。

「あの男は、図々しくも盗み見たのです。わたしの肩に腕を回して、指先をドレスの襟に入れてきて……！」

「……」

「悲鳴を上げたので、ファナがすぐに来てくれたから、……そう、ファナに、わたしの侍女に聞いてくだされば――」

「いや、いい」

侍女を呼ぼうとしたシダエの口を、慌てたように大きな手が塞ぐ。

「悪かった」

ゆっくりと手を下ろし、ルディクは口元にぎこちなく笑みを浮かべた。

「ほかの男がここに触れたのかと思っただけで……」

「……思っただけで？」

かき消えた続きの言葉を促すと、きつく眉根を寄せたルディクの表情がさらに険しくなる。

緑色の目が暖炉の小さな光を映し、彼自身の紋章である狼そのもののようにきらめいた。

「ひどいことをしそうになった」

抑揚のない声にシダエの胸が冷え、一瞬後、カッと燃え立つ。

その熱に喉が焼かれたように、ひどいこととはなんですか、と聞き返そうとした唇がふるえ、うまく言葉にならない。

息を呑むと、後ろに身体をずらしたルディクの両腕が伸び、上半身を起こされた。

さらりと金色の髪が揺れて肩を滑り落ちていくのを見つめながら、ルディクは先の苛烈さが嘘のように、落ち着いた低い声で訊ねた。

「脱がせてもいいか?」

「――え!?」

初夜では――ときには初夜に限らず――寝間着はつけたままだと教わっていた。必要なところだけをつなげればよいのですから、と。

「……そんな、の」

腕をつかむ熱い手を意識しながら、シダエはゆっくりと俯いた。

ルディクの手に力がこもる。

「おまえを見て、肌に触れたい。……いいな?」

男の右手がなぞるように腕から滑り落ち、そのまま腰へ、太腿《ふともも》へと移り、膝のあたりまでめくれていた肌着の裾を握る。

「え、あの……、ル、ルディク様……!?」

一方の手で腰をつかんで持ち上げられ、シダエは反射的に両腕で男の首にしがみついた。

肌着がまくられ、下半身がひやりとした一瞬後、シーツに下ろされ、腹部で丸まった残りをさらに押し上げられる。

「シダエ、腕を」

「……えっ」

「よし、引っ張るぞ。……ああ、髪が乱れたな。すまない」

一連の仕草は実に手際がよく、シダエが口を開閉させている間に肌着は取り去られ、ベッドの外に放られていた。

「……きゃ……！」

ハッと我に返って小さく悲鳴を上げ、男の視線が戻る前に、身体を縮める。両腕を胸元で交差させ、ぴたりと合わせた足を丸めると、長く豊かな金髪が肌を滑り落ちた。

「シダエ」

薄布のように身体を包む金髪をそっと払い、ルディクが頬に両手を滑らせてくる。

その手に誘われて顔を上げると、緑色の双眸に浮かべた熱を隠さず、黒狼と呼ばれる男は密やかな声で言った。

「すべて見せてくれ」

「……！」

息を呑んでふるえた様子をどう思ったのか、ルディクは両腕をゆっくりと回して、金色の髪ごと抱き締めてきた。

素肌が触れ合い、互いの熱が混じる――その不思議な感覚に蕩《とろ》けるように、シダエは目を閉じていた。

寝室にはふたりきりなのだから、と羞恥で赤く染まる頭の中で繰り返す。

そうよ、夫婦で、ふたりきり。ふたりきり……。

「シダエ」

ささやきとともにルディクは身体をずらし、金色の髪を優しく払って、直接、肌に触れてきた。硬い手のひらが頬を滑り、うなじをそっと包む。

「顔を上げて」

指先に促されるようにしてその言葉に従うと、すぐに傾けられた顔が近づいて、唇を押しつけられた。

ふ、とも、あ、ともつかない声を漏らした途端、重ねられた唇が柔らかく動き、舌を差し込まれて濃密なものになる。

隠れるように引っ込んだ自分のそれを見つけ出し、淫靡に触れて、絡められ……。

「う……んっ」

吸われる鈍い痛みとともに、身体の中心を奇妙に感覚が貫いていった。

胸で交差させていた腕を、シダエは弾かれたようにほどいた。正面にあるたくましい胸元に手のひらを当て、無意識にぎゅっと爪を立ててしまう。

シダエの腰に回されていたルディクの手が、金色の髪を散らして持ち上がり、その細い手首をつかむ。

「や……」

そのまま大きな身体で圧迫するようにゆっくりと押され、シダエは軽い音を立ててシーツに横たわった。

一度離れた唇が追いかけてきて、また塞がれる。それとともに熱く硬い身体が、体重のすべてをかけないまでも、十分に重さを感じさせるほどに密着してきた。

「……っ」

シダエは小さく呻いた。

心地よいとも違う切羽詰まったような感覚に、頭を、心を——すべてを乱されていく。

ルディクはシダエの手首をつかんだまま、うなじから抜いた手で、華奢な肩や鎖骨を撫でた。

「……シダエ、わかっているか?」

唇を離し、けれど、ルディクの黒髪にまるで帳のように顔を包まれた近い距離で、ふたりの異なる色の目が絡み合う。

「おまえが欲しいと、ちゃんと伝わっているか……?」

シダエは目を見開いた。

暗がりの中でも、ルディクの表情が険しいものであることがわかった。

「あ、あの」

縛められていないほうの手を上げ、男の左頬に触れた。

「……わたし、わたし……」

うまく言葉を見つけられないまま、羽根のように軽く、指先だけを行き来させる。

その焦れったい感触にルディクは表情を歪め、シダエの手を握ってもう一方と同じように
シーツの上に縫いつけた。

「あ、あ……っ」

圧倒的な力で押さえられ、動けない。

けれど恐怖だけではなく、それは胸を締めつける甘い陶酔をもたらした。

未知の感覚を恐れ、思わず男の身体を押し上げるように仰《の》け反《ぞ》ると、その力に屈したはず
もないのに、ルディクは上体を起こした。

黒髪で半ば隠れた緑色の目がスッと細められ、視線が落とされていく。潤んだ青灰色の目
に、濡れた唇に、首に――そして胸で止まった。

ふたつの丸いふくらみは美しく盛り上がり、身じろぐたび揺れる。羞恥と、それより強い
甘美な感覚が湧き、シダエはかすかに喘《あえ》いだ。

「ル、ルディク、様……」

「……花びらのようだ、シダエ」

ルディクが小さな、かすれた声で言った。

「あの日、捧げた薔薇のような――」

「え……」

言葉の意味を聞き返す前に男の身体が近づき、シダエはハッとして口を閉じた。

なめらかな双丘の合間、やや左寄りにある痣のことだと気づいたのは、そこに唇が落とされたからだった。

吐息とともに、恭《うやうや》しいまでの仕草で痣に口づけられる。

ビクッとふるえたシダエを追い詰めるように、ルディクの唇はそのまま乳房の上側を這い、ときおり、柔らかなふくらみを食んでいく。

胸元で動く黒髪を見ていられずにシダエは目を閉じ、縛められたままの両手の指をきつく握り込んだ。

舌で舐め上げられる、ざらりとした濡れた感触に肌が粟立つ。爪先でシーツを掻き、悶《もだ》えるように揺らすと、すぐ脇にある男の下肢の熱が、脚衣をつけているはずなのに強く伝わってきた。

ああ、どうしよう、どうしよう――混乱が、蜂蜜のようにとろりと胸にこぼれて広がる。教わってきたすべてが役に立たない。なにもかも違う。こんなにも恥ずかしく、もどかしく、切なく、甘いなんて――……。

ふくらみの白い肌の上を丹念に、優しく口づけ舐めていた唇が、やがて淡い色の先端に触れた。

口の中に含んだ硬く尖《とが》ったものを味わうように舐められ、吸われる。

痛いほどの刺激に跳ねるようにして身をよじると、ルディクの片手が手首から放され、乳房をその手で包まれた。

硬い指で、弾力を確かめるように強く揉んでくる。

「……あぁ！」

自由になった手を口元に当てたが、声を抑えることはできなかった。それに煽られたように、男の指が尖った頂《いただき》をきゅっとつまんだ。

「や……っ、いっ、痛い……」

刺激にわななていて思わずそうこぼすと、ルディクは手の動きを止め、顔を上げた。

すまない、と謝ったのかもしれないが、耳鳴りのようにガンガンと頭の奥で音が鳴っていて、聞こえなかった。

男はそのままわずかに微笑んで、ゆっくりとまた、シダエの胸元に顔を埋めた。

指でいじっていた先端を優しく舐められ、口に含まれる。

あ、と声を上げて背を反らしたとき、ツンと尖るもう片方の頂が濡れ光っているのに気づき、またきつく目を閉じてしまう。

いつのまにか両手が自由になっていた。シダエは祈るように組み合わせた手を口元に当てて、上擦った声を抑えようと、指の関節を噛んだ。

唇と両手でなめらかな肌と曲線を愛撫していたルディクは、ゆっくり、ゆっくりと頭を下げていく。

薄く平らな腹部に口づけた後、身体を起こした。

「あ……」

シダエはおそるおそる目を開け、黒髪を垂らした男を見上げる。

斜めに照らす暖炉の火の小さな灯りが、鍛えられた上半身を照らしていた。至るところにある傷痕は精悍さと官能を織り交ぜ、目に焼きつく。

「シダエ」

低く、熱いものを孕《はら》んだかすれた声で呼び、ルディクはそっと身を屈め、両手をシダエの腿に這わせた。

「見せてくれ、全部」

力を込めず、ただ手のひら全体で足に触れてくる。

内側のひどく薄い皮膚をそっと撫で上げられ、ざらりとしたその感触に両足をふるわせたシダエは、自分の意思とは関わりなく力が抜けていくのをただ見ていた。

膝が開くと、ルディクは両手でシダエの華奢な足首を持ち、宝物を扱うように慎重に、それぞれを自分のついた膝の外側に移した。

大きな身体を開いた足の間にゆっくりと入れながら、両手をシーツについて上体を倒してくる。

「や……、あ、あ……っ」

平らな腹部に落とされた唇が、食むように動いて肌を吸った。

抓《つね》られたような痛みに小さく身体をふるわせるとすぐに離れたが、またそう遠くないところに同じようにされた。そして、それは次第に下げられていく。

無意識に閉じようとする足は、硬い身体をはさむばかりで、淡い茂みも秘めた場所も隠せない。シダエは口元を覆っていた両手をとっさに下げたが、黒髪の強い感触《こわ》にぶつかっただけだった。

髪に潜《もぐ》り込む細い指から逃げるように男はさらに頭を下げ、両手をそれぞれシダエの足の付け根に当て、ぐ、と割り開く。

「や……っ！」

行為の意図するものを読み取って、シダエは腰を跳ね上げた。

そんなの、と言葉が舌の上で凝《こご》る。——そんなの、教わっていない……！

「あぁ……っ、あっ、やぁ……っ！」

温かい息がかけられたのがわかった。秘所に唇が触れた途端、声にならない声を上げ、腰をねじるようにして仰け反る。

それを宥めるように、男の両手が腰に回された。反射的な抵抗は簡単に縛められて、秘所への口づけは悠然と続けられた。

温かくて湿ったものに覆われ、鋭い快感に突き上げられる。

「やあぁ……っ！」

柔らかくふっくらとしたその間を、舌が割り込んで暴いていく。

内側の敏感なひだを擦られたとき、かすかな、しかしはっきりと淫《みだ》らな水音が聞こえた。そこが濡れるというのは知っていた。営みに必要な、自然なことなのだと。だが欲の証を耳にして、羞恥のあまり耳を塞ぎたくなる。

しかし、やめて、と告げようと開いた唇から漏れるのは、淫らなその行為を受け入れているると——悦《よろこ》んでいると教えるような、甘い嬌声《きょうせい》だけだった。

羞恥もなにも、ルディクの唇と舌がもたらす歓喜に蕩けていく。

ルディクはひどく優しく丁寧に愛撫し、やがて片手を腰からさらに下に滑らせ、丸いふくらみを包むように撫でた。その動きが大きくなり、そっと秘所に触れてくる。

「……っ」

舌とは違う硬い感触に、下腹部の奥が痙攣《けいれん》するようにふるえた。

男の指はひだの間に潜り、湿ったくぼみを何度も行き来し、溢れる蜜で濡れている小さな入り口の周辺を、くるくると円を描いて刺激しはじめる。

その間にも、押し当てたままの唇と舌は、秘所の上側を愛撫していた。シダエも自分でよくわからないそこを、ルディクは丹念に舐め——やがて舌先で弾いた。

「ああ……っ」

背筋を駆け抜けたものに驚き、内腿に力を入れて男の身体を締めつける。

その行動と裏腹に腰をひねって逃れようとするが許されず、ルディクは見つけ出した甘美な尖りを舌で包み、吸い上げた。

強い愉悦に貫かれ、足が跳ね上がって爪先が伸びる。そのまま腿で夫の身体を強くはさんで、二度、三度とふるえた。

やがて詰めていた息を吐き出すと、全身から力が抜けていった。

細く息を吸い込みながら、シダエは金色の髪が広がるシーツに横向けた顔を押しつけた。

……いまのが、女性が気持ちよくなるということなのだろうか、とぼんやり思った。

王城の教育で閨での作法や男女の営みについて学ぶが、男性が精を吐き出すように、女性も感極まることがあると言っていた気がする。

自分はそうなったのだろうか、となぜか恐れながらうっすらと目を開けたとき、休んでいた男の手がまた、快楽を与える明確な意思を持って動きだした。

入り口に触れていた指の先が、ヒクヒクとふるえているそこに挿入される。

「あ……ッ！」

突き刺されるような痛みと違和感に、シダエは顔を上げた。

暗がりの中、白く浮かぶ自分の身体――膝を立て開いているその白い足の間で揺れる、長めの黒髪と額、伏せられた目……。

淫靡な光景に知らず見入るうち、秘所を弄る舌が、脈打つ甘美な突起をまたとらえた。

悲鳴のような細い声を上げてシダエは背を反らし、目を閉じた。

涙が眦からこぼれる。すがるものを求めるように両手がゆっくり宙を掻いて、ギュッと胸の上で握り合わされた。

「ル、ルディク、様……！」

濡れた音を故意に聞かせるように、浅く挿入させた親指を抜き差しさせていた男は、秘所から唇を離した。

「いやか？　シダエ、こうされるのは……いやか？」

「い、いや……？　あ、あの、あ……っ」

息が乱れるばかりで答えられずにいるうち、秘所をいじる手が止まる。

ルディクは身体を起こし、重なってきた。

「おまえがいやでも、痛みが少ないように解《ほぐ》さないと」

「え……？」

「それに、もっと触れていたい。俺のものだ。――ここも」

秘所に当てていた手の向きが変わり、髪より濃い色をした茂みを指先で梳くように撫でられた。指はそのまま足の間に落ち、しっとりと熱く濡れた割れ目に添って上下に滑らかに動きだす。

途端、淫らな音があがった。クチュ、クチュ、と。

その音は、しかし羞恥よりも、そこに生じた愉悦をさらに煽るものだった。

「……あっ、あ、ルディ、ク、様……！」

「全部、俺のものだろう……？」

「は……っ、い、はい、ぁっ……あ、……んっ」

また一気に、カアッと全身の熱が上がった。

上になった身体も、ひどく熱い。

硬く鍛えられた胸に押され両手を開いたシダエは、滑らせるようにして男の肩から首に回し、すがりついた。黒髪が腕をくすぐり、さらりとこぼれる。

「あ……」

ぴったりと肌を合わせると、驚くほどの安堵感で胸が満たされていく。熱く疼く淫らな感覚に溺《おぼ》れさせられているのに、触れ合う素肌のあまりの心地よさに知らず微笑んでいた。

「シダエ……」

ささやいた男の顔が肩に押しつけられ、薄い皮膚を吸われる。

甘い痛みにピクリとふるえると、ルディクの唇はさらけ出された首に、ふるえる顎に、頬に、そして髪を押し分け耳元に移されていった。

ひどく熱を持ってジンと痛む耳朶《じだ》に息がかかる。

「……おまえはとても綺麗だ。柔らかくて、細くて、壊してしまわないか不安になる」

「あ、や……、んっ」

「……っ、頭がおかしくなりそうだ……！」

切羽詰まった声とともに身じろいだ男は、優しく秘所を弄っていた指を、ひだが包む内部に差し入れ、音を立てて激しくいじりだした。

「あぁ……っ！」

一本の指が、シダエの中に深く突き入れられる。

走った痛みは一瞬で、ひどく濡れた内側を擦られ、歓喜に変わった。

もう一本、指が増やされた。痛い、と声をこぼすと、宥めるように口づけられる。何度も。

受け入れる場所を解す動きと裏腹に優しく、まるでなにかを請うような淡い口づけだった。

自分の内部に触れる指の硬さに、シダエはすがりつく手に力を込め、爪を立てた。

「ルディク様……ッ」

「痛いか？　まだ、痛い、か？」

「いいえ、いいえ……っ、あっ、んん……っ」

二本の指での抜き差しが速くなる。

痛くはない。痛くはなく――追い立てられていくような快感があった。

たっぷりと濡れて熱く蕩けた秘所は、もっと太くもっと熱く、もっと深く埋めてくれるものを求め、疼いている。快感が増すほどに、それは強くなった。

「……わたしっ、わたし、へ、変です……っ」

ギュッと抱きつくと、ルディクは驚いたような素振りを見せた。しかしすぐに、シーツについていた肘をずらして広げた手を浮かせてシダエの後頭部を支え、唇を重ねてくる。

舌を差し込まれ、咥内を荒々しく蹂躙《じゅうりん》された。

「ん……、んっ」

鼻から抜ける、甘い声。

ねだるようなそれに突き動かされたように、ルディクはシダエの足の間から手を抜き、その手でさらに足を広げさせた。

開かれ、ヒクつく秘所に、指とは異なる感触が触れる。

クチュ、と音を立てて濡れたひだの間を擦るそれは、男の昂ったものだった。

秘所を先端で弄る質量は、指の比ではない。しかし入るのだろうかと思う気持ちに怯《おび》えが混じる前に、解され蕩けた入り口にあてがわれた。

「力を抜いていろ」

唇を放し、劣情を噛み締め低く唸るように命じて、ルディクは腰を進める。

ググ、と押され、広げられる感覚に、痛みが混じった。

ルディクにしがみついたままの身体は、どうしても緊張してしまう。

呻くような声の後、ひどく優しい仕草で口づけられた。

ふっくらとした下唇を甘噛みされ、そちらの感覚に一瞬、気を取られる。すると、足を開かせていた男の手が腰の下に差し込まれた。丸く柔らかな双丘にぴたりと手のひらが当てられて、下半身を浮かされる。

角度が変わり、未通の隘路《あいろ》を裂いて深く挿入された。

「――ぃあッ!」

しがみついたまま、シダエは背を反らす。

体内に挿入された男の硬さは、痛みと圧迫と、強烈な違和感をもたらした。どちらのものなのか、ドクドクと激しく脈打っている。

「い、……っ、ん……」

痛い、と口にするのもためらわれ、しゃくり上げるようなかすかな喘ぎが漏れる。

しかし、しっかりとシダエを両腕で抱え直したルディクは、隙間なく重なったことに満足したように、深い吐息をついた。

ちゅ、と音を立てて口づけし、ゆっくりと腰を動かしてくる。

突き抜けた痛みに、シダエは身体を強張らせた。

痛い。熱い——体内に感じるルディクの興奮は、まるで熱杭《ねっくい》のようだった。それが少しずつ引き抜かれ、また突かれる。

「……や、ぁっ！　……いっ、痛い、の……っ」

我慢していたのに、ついに口にしてしまった。しかしそう言いながら、その痛みを与える男の肩に手を回し、黒髪越しに頬を擦り寄せる。

「痛いの……っ」

触れた肌越しに、ギリ、と奥歯を噛み締める音が響いた。

シダエ、と食いしばった歯の間から漏らすように何度も名前を呼んで、夫は動きを止めた。

手のひらの下に感じる筋肉が緊張しているのがわかった。肌がひどく熱く、汗ばんでいる。

「……すまん、気遣ってやれなかった」

ふぅ、と長く息を吐いたルディクは、シダエの腰の下に当てていた手をそっと抜くと、曲線を確認するように滑らせ、柔らかな腹部を撫で、口元をゆるめる。

「おまえの中に入っている」

「……っ」

カアッと身体が火照り、触れられた箇所が無意識にふるえた。

男自身を包む体内が収縮し、脈動と形を鮮明に感じ取ってしまう。痛い——だがそれ以上に強く、渇望めいたものが芽生えた。満たされるのを求め、蜂蜜のように濃く甘いなにかが溢れ、トロリとこぼれ出す。

腹部を優しく撫でていた手が肌を撫で上げ、硬い指で頂をはさんで乳房を揺らされる。

「あ……んっ」

シダエは思わず、頭を反らして声を上げた。

その小さな顎の先に唇が落ち、やわやわと食みながら移っていく。耳の下を吸われ、声がかすれて甘く途切れた。

「……どうしようか、シダエ」

「え……っ？　ん……っ、あっ」

「痛いと言って俺にしがみつくおまえに、興奮する……」

耳殻を唇ではさみながら、ささやかれた。

かすれた低いその声にまるで頭の中まで愛撫されているようで、肌がサッと粟立った。

「だが、痛いより、気持ちよくなってほしい。……一緒に」

反応を探るように、貫いているものが動いた。揺らすように、ゆっくりと。

クチュ、クチュ、と濡れて交わる音が聞こえはじめる。

互いの荒い息遣いがそこに重なり、熱が高まっていく。

シダエは男の身体にしがみつき、硬い肩口に顔を埋めた。揺れる黒髪の先に、頬をくすぐられる。

その強い髪の感触が、繋がったところからふいに湧き上がった愉悦で遠ざかった。

あ！　と高い声を上げ、シダエはふるえた。

腰を大きく引いた男自身の、太い先端がそのまま浅いところを小刻みに突いてくる。敏感な内壁を抉るような強さで。何度も。

その都度、快感が走り、あっ、あっ、と声が漏れた。

十分に濡れているのだろう、やがて滑るように押し込まれた。

ルディクの背の筋肉が手のひらの下で硬くなり、腰の動きが大きく激しくなる。

「——……っ！　ん……っ、あ……っ！」

痛みより強く激しく押し寄せてきた感覚に、全身が溺れていくようだった。揺すぶられ、触れる熱も重みもすべてに昂ってしまう。

触れたい。もっと。もっと——。

身体は深くつながっているのに、その切羽詰まった思いに突き動かされる。

シダエは首をねじって顎を上げた。は、は、と息をつく男の唇に自ら押し当て、熱い呼気を吹き込むように声を漏らしながら、必死で吸いつく。

驚いたように一瞬、唇が離された。しかしすぐに鼻を擦るようにして顔を傾けたルディクに、より深く重ねられる。

「ん、ん……っ、ふ……っ」

差し込まれた舌に、望んだ通りに咥内を舐《ねぶ》られる。絡めた舌を上下に擦り、淫靡な動作で強く吸われると、なぜか切なくなり涙が滲んだ。

唾液《だえき》の糸を引いて唇が離れ、途端、下腹部で交わる動きが激しさを増していく。

「やぁ……っ、あっ、ルッ、ルディク様、ぁ……ん……っ」

上体を起こした男は、荒く息を継いで、腰に絡むシダエの両足をそれぞれ抱えた。大きく開いて余裕のできたそこに、激しく打ちつけられる。

すがるものを失った両手を握り合わせながら、シダエは息を詰めた。強すぎる快感に流され、涙が溢れてこめかみを濡らしていく。無意識にそれを拭おうとしたのか、ふるえながら開いた手で、顔を覆っていた。

はあ、と大きく息をつく音がして、抜き差しが穏やかなものになった。

「……シダエ、まだ痛いか？　痛くしたか……？」

足から手が外され、そっと下ろされる。身体の脇に男の手が置かれ、ギシリとベッドが軋んで、重心を移動させたのがわかった。

「だ、だいじょうぶ……です」

「顔を見せてくれ」

もう片手で顔を覆った手を外され、覗き込まれる。

同時に、シダエも男を見つめ返した。炎の灯りが映り、緑色の目に小さな光がまたたいていた。黒狼と呼ばれているのが嘘のような眼差しだった。

ルディクは唇をシダエの目元に押し当て、舌で涙を拭った。

優しく労《いた》わる仕草なのに、ひどく熱いものが背筋を伝い、シダエの両足に力がこもる。

途端、ルディクが呻いた。

「……っ、きつい、な」

「え……？」

「もっとゆっくり、したいが……っ」

奥歯を噛み締めながら声を漏らし、ルディクはシダエの手を握った。指を絡めて親密に包み、そのまま頭の脇に縫いつける。

「シダエ……ッ」

「あ！　……ぃあ、あ……っ！」

握った手に重心を移したルディクの、もう片方の手がすばやく下腹部に滑り落ちた。

つながった場所を探るように指先は付け根をなぞり、割れた肉の上を擦って刺激する。敏感な突起もそうされて、シダエは下腹に走った快感に思わず腰を浮かせた。

そのまま律動に合わせて弄られる。硬いその指で、執拗に。

痺れるような感覚が愛撫されているところから一気に広がり、また上り詰めていく。浅く繰り返していた息とともに動きを止め、シダエは歓喜した。

「……あ、んっ、あぁ……っ」

追いかけるように最後に激しく腰を動かし、ルディクが体内で弾ける。じわりと広がっていく熱さを塗り込めるように、男は二度、三度と大きく身じろいだ。

やがて脱力し、自分の上に覆い被さってくる身体を、シダエは吐息をついて受け止めた。押しつぶされるような重みが心地よかった。

汗ばんだ肌が密着し、胸元から激しい鼓動が伝わってくる。

どく、どく、と。その振動でふたり分の熱がかき混ぜられ、溶けていくような気がした。

「……ルディク、様……」

シダエはこれまで感じたことのない充足感に包まれながら、瞼を閉じた。

「ル、……クさ、ま？」

心地よい重みと温《ぬく》もりが離れ、シダエは目を覚ました。

「起こしたか」

ルディクはシーツに腰を戻し、手を伸ばしてシダエの頬に触れてくる。その背の向こうに、窓から斜めに差し込む、金と赤を混ぜた曙光《しょこう》が見えた。

「ゆっくり休んでいていい。朝食も、こちらに運ばせよう」

「……いえ、起きます」

肘をついて身体を起こそうとするが、寝起きのせいか力が入らない。しかも全身がだるく、足の付け根や――その周辺がとくに痛む。

もちろん理由には簡単に思い至ったので、シダエは顔を赤らめた。

事後、気を失うように眠ってしまったのだがちゃんと肌着を身に着けていた。ルディクに後始末させてしまったのだろうかと、それにも猛烈な羞恥が湧いてきた。

「す、すみません、あの……」

「シダエ」

黒い脚衣と革製の長靴だけをつけたルディクに、そっと肩を押されてシーツに倒される。

驚く間もなく、上掛けを直されてしっかりと包まれてしまった。

「横になっていろ」

「……でも」

初めての朝の挨拶は、シダエも色々考えていた。きちんと化粧してドレスで装い、それから夫を起こすのだ。おはようございます、よくお休みでしたね、と微笑んで……。

ところが微笑んで見下ろしているのは、夫のほうだった。

「暖炉も火をかき立てておくから、温まったら起きて身支度するといい」

「ルディク様は……？」

ベッドを離れていく大きな背に声をかけると、暖炉脇にある火掻き棒を手にしながら男は肩越しに振り返った。

「俺は早朝の訓練がある」

「訓練？　で、でも、昨日の今日で……？」

「一日でも休むと鈍る」

そういうものなのだろうか、と思いながら、シダエは痛む身体を無理に起こす。

「その後は……？　あの、朝食を一緒に……」

しかしその声は、ザッザッと暖炉の灰を掻く音で届かなかったらしい。ルディクは大領主とは思えない手際のよさで暖炉の熾火《おきび》を燃え立たせた。

火掻き棒を置くと、大股にベッドに戻ってくる。シダエは声をかけようとしたが、夫は妻にはとくに用はなかったらしい。視線をくれることもなく、ベッドの下部についた抽斗《ひきだし》から衣服を取り出し、手早く身に着けはじめた。

丸襟のシャツ、黒い胴着、腰に幅広のベルト。普通の――シダエが知るどの貴族とも違って、装身具で身を飾ることもしない、質素で実用的な姿だ。

「休んでいろ」

ほどけたままの髪を梳くようにかき上げ、ルディクはチラッとベッドに目を走らせた。

「気にしなくていい、城の者は女主人が監督しなくても働く。俺の不在も長かったせいか、慣れている」

「……ですが」

この婚姻が決まってから、父はすぐにシダエに教師をつけてくれた。アラルーシアの風土や慣習、領主旗下の家々を学ぶほか、城の奥方としての役割もそこには含まれていた。料理や裁縫、経理はもともと学んでいたことだが、夫を世話し、城に仕える者の監督も大切なことだと。

しかし、ここではシダエがいなくとも構わないらしい。

それでも自分の責任を放棄するつもりはなかった。これまでの二年間で、王の姪、大公の娘としての責務から逃げ続けてきた。今度こそ、という思いもある。

「わたし、お役に立ちたいのです」

「シダエ、その気持ちは嬉しい」

パラパラと顔にかかってくる黒髪をそのままに、ルディクはシダエの頬に手を添えた。

「もちろん、好きにしてもらっていい。だがまだ慣れていないし、身体がつらいだろう？ゆっくりでいい。焦らないでくれ」

「でも」

反駁《はんばく》しかけた唇が、頬から滑り落ちた硬い指先で封じられる。

瞬いて見上げると、男は口の端を少しだけ持ち上げた。

「訓練の後に汗を流したら、一度、ここに戻る。それまで気にせず、休んでいてほしい」

返事は求めていなかったのか、ルディクは言い終えるや背を向け、足早に寝室を出ていってしまった。

扉が閉まる音を耳にすると、漠とした怒りのようなものが胸に湧いてきた。

ルディクは——夫となった男は、話を聞かないときがある。聞いても、いまのように優しい物言いだが、思い通りにするのだ。

そうよ、と思い出す。あの人は、王の前でもそうだった。自分の娘を推す王の言葉を不遜に遮って、わたしを……。

記憶の絵の中に、シダエはふと引っかかりを覚えた。

——そう、一緒に並んだ四人の王女がいたのに、なぜわたしを？

疑問とともに苦しさが滲み、シダエは喉元に手を当てる。……なぜ、わたしを？

四人の王女たちは若く、可愛らしかった。

しかも辺境伯は、わたしの噂を知っていた。

――なのに、なぜ？　とまた思った途端、父の大公の顔が脳裏を過ぎった。

実兄である王に遠慮していたのか、父は、一歩引くところがあった。少なくとも、二年前まではそうだった。

だが辺境伯との婚姻が決まった後、短い期間とはいえ父の影響力を知った。二年間、公に姿を見せなかったシダエに対し、ドレスの袖で隠した唇で嗤《わら》うこともなく、誰もが気遣ってくれた。自分の背後にいる父の様子を必ず窺いながら。

やっぱりお父様のおかげなのね、と答えはいつもそこに行きつく。

そうでなければ、きっとほかの王女の手を取ったはずだ。

お父様の目が届かないここでは、口ではなんと言っていても、わたしにでしゃばってほしくないのだろう。ただベッドを温めておけばいいのだと――。

「……っ」

シダエは頭を振って、毒煙を噴き出す沼に転げていく思考を慌てて止め、そんなはずないと自分に言い聞かせる。

ルディクは昨夜、とても優しくしてくれた。

夫婦の義務であっても、そこには思いやりと愛情が感じられた。

このベッドの上でつい数刻前に営まれたことを思い出し、ギュッと目を閉じる。

あんなことをするとは思わなかった。考えてもみなかった。

あんな――淫らな……。

痛くないか、と何度も気遣う低い声とともに、熱い吐息とともにささやかれたいくつもの言葉が耳の奥によみがえる。

――全部、俺のものだろう……？

「……！」

シダエは上掛けを跳ねのけ、上半身を起こした。

速い鼓動に胸が締めつけられて、とてもではないがもう一度、横になろうという気にならない。痛みをこらえ、片足をベッドから落とす。

そのまま起きようとずらした腰の下、シーツについた赤い染みがふと目に入った。

初夜の床が完遂された、花嫁の純潔の証だ。

羞恥で頬に血を昇らせながらも、ああ、無事に済んでよかった、と安堵を覚える。

片足だけをベッドから下ろした中途半端な姿勢のまま、シダエは自身が流した証を見つめていたが、やがてその青灰色の目に疑念が浮かぶ。

――確認したのかしら？

噂を――わたしが純潔ではないという噂を、あの人は知っていた。

確認するべきではないだろうか。

確認したくなるものではないのだろうか……？

シダエはふるえる手で顔を覆った。

初夜の床を済ませた花嫁をそのままに立ち去っていった背中が頭を過ぎり、あれだけ熱くなっていた心まで、石を飲まされたように一気に重く、冷えていく。

――ルディク様は、わたしが純潔でなくても、それもどうでもよかったの……？


いつもより少し遅い時間に寝室に現れたファナにお湯で身体を拭われた後、部屋を移り、身支度を整えたシダエは、ぴったりとした胴回りを両手で撫でた。

金糸で菱形《ひしがた》模様を連ねた縁取りがされた濃青色のドレスで、腰の下の位置には、縁取りと同じ意匠の細い革ベルトが巻かれ、その端の垂れる、たっぷりとられた裾部分が優美な影を作っている。

美しいドレスに仕上げてくれた王城の裁縫室の女たちの手業に感謝しながら、シダエはほっそりした椅子に腰掛けてファナを見上げた。

「新しい部屋はどう？　ほかの人と仲良くできそう？」

主塔の階下は、いくつか区切られた小部屋になっている。ただひとり大公家からつき従ってきたファナは、そのうちのひとつを上級使用人として与えられた。

「ご心配には及びませんよ」

金細工の櫛を片手に足早に背後に回ったファナは、垂らしたままのシダエの髪を手ですくって笑った。

「みんな、新しい奥方様に興味津々《しんしん》ですからね。わたしの話を聞きたくて聞きたくて、新参者に意地悪している場合じゃありませんよ」

「あなたが黙ってやられているなんて思わないけど、でもよかったわ」

「わたしのことなんか！　それより、シダエ様はどうです？　だいじょうぶですよね？　辺境伯と仲良くできそうですね？」

ファナの声に張り詰めたものを感じ取って、シダエはハッとした。

そのとき頭の片隅に浮かんだのは、もはや細部もおぼろげな元婚約者の顔だった。

狩場で射られ、犯人をシダエだと糾弾《きゅうだん》した男――。

「……ええ、だいじょうぶよ」

シダエは片手を挙げ、ファナを促すように自分の髪を撫でた。

「だいじょうぶなの、ファナ。心配しないで。ルディク様は……あの男とはまったく違うわ」

「……はい」

神妙に頷いて、ファナは手を動かした。シダエの髪は細く絡まりやすいが、手慣れた様子で梳いていく。

心地よいその感触に浸りながら、シダエは目をつむった。

「髪はどうしましょう」

丹念に梳《くしけず》った金色の髪を手のひらで整えながら、ファナがひとりごちるように訊ねた。

シダエは目を開け、肩から垂れるひと房を指先でつまんだ。

「結い上げるのは、まだいいわよね」

「このままでも構わないと思いますよ。既婚でもシダエ様はお若いですし、とても綺麗な髪ですからね、みんなの目を惹くでしょう」

「……ほんとう？」

「もちろんですよ。昨夜、城の者たちが言っていたことを、そのままお聞かせしたいですよ！　とても綺麗な奥方で物腰が優雅だと。それに、明るい髪の色が素敵ですって」

シダエは面映ゆい気分で、髪から手を離し、俯いた。

王城にいた頃は年の近い王女たちとなにかと比べられ、傷ついたこともあった。そして二年間、人前に出なかったせいもあって、いまの自分がどう見られるのか気になっていたのだ。

「……じゃあ、両脇の髪だけ編んでくれる？　邪魔にならないようにしたいの」

シダエが頼むと、ファナは櫛を小脇に抱え手際よく言う通りにしてくれた。

騎士の娘のせいか大柄で力が強く、剣や弓の鍛錬までしていた侍女は、手先も器用だった。たっぷりとした金髪をこめかみの両側だけゆるく編んで、後頭部で合わせて残りと一緒に自然に垂らし、結んだところにドレスの共布《ともぎれ》を花のようにふくらませて飾ってくれる。

「さ、確認をどうぞ」

椅子から立ち上がったシダエは、壁際に置かれていた大きな姿見の前に立った。

髪がすっきりしていて、白い首筋がよく見える。両手を上げてほつれた髪を直そうとしたとき、鏡面に映った自分の手を見て、シダエはハッとした。

「ファナ、指輪は？」

「指輪？　ああ、辺境伯から贈られたものですね」

ペナの町の教会から出るとき手袋と一緒に忘れた指輪は、昨日の祝宴時にはつけていた。その後、気の利く侍女は外してしまっておいてくれたらしい。長櫃のひとつを開け、螺鈿《らでん》の美しい細工がされた平たい小箱ごと持ってくると、キィと軋ませてその蓋を目の前で開けた。

「どうぞ」

容《い》れ物《もの》と同じく亡き母から譲り受けたものや、今回、父が用意してくれた装飾品と一緒に、銀色に光る幅広の指輪も入っていた。

シダエはホッとして、左手の中指につけた。

「首飾りはどうしますか？」

宝石箱を覗き込むファナに問われたとき、寝室の間を塞ぐタペストリーの向こうから人の気配がした。小さな内扉は開いたままだった。

ルディクがもう戻ってきたのかと、シダエはすばやく自分の姿を確認し、ドレスの裾を持ち上げて小走りに寝室に向かう。

「ルディク様？」

しかし開けたタペストリーの向こうに見えたのは、ファナの手ですでに整えられたベッドのそばで中腰になっている女だった。

長くまっすぐな黒髪を垂らし、青地に金波の縞模様《しま》の入ったドレスを着ている。さらりとこぼれた髪を耳にかけながら、ゆっくり身体を起こした女の胸元は、白くまろやかな乳房の上部が覗いていた。

「おはようございます、シダエ様」

昨夜、祝宴で隣にいた女だ。

名前は、たしか――あやふやな記憶を辿りながら寝室に入っていくと、女は赤く塗った唇に笑みを浮かべた。

「エヴェリナ・トリシュです。ルディクの従姉妹の」

「ああ、トリシュ伯の……、エヴェリナ様ですね」

言葉を反芻《はんすう》しながら、込み上げた不快さに眉をひそめてしまう。

――なぜこの人、従姉妹というだけでルディク様を気安く呼ぶの？　それに夫婦の、しかも初夜の翌朝に、なぜ勝手に寝室に入ってきたのかしら……。

「もうしわけありません」

それらを問う前に、エヴェリナは先手を打つように謝罪し、軽く頭を下げた。

「ルディクが訓練に向かったのがわかったので、わたしはシダエ様のお手伝いをしようと逸《はや》ってしまって。ほら、やはり女同士のほうが気兼ねなく言えることもありますし、シダエ様はこの城にいらしたばかりですもの」

「……エヴェリナ様は、ずっとこちらに？」

「ええ！　わたしは父が城代ですから。生まれ育った城は兄たちがしっかり守っていますし、兄嫁たちが切り盛りしていますので、邪魔者扱いですよ」

ふふふ、と屈託なく笑って、エヴェリナは優雅に裾をさばいてシダエに近づき、そっと、手を取った。

「これまでは、わたしがこの城の者を監督していたんですよ。裁縫、厨房《ちゅうぼう》、掃除にしても！　経理を担当する執事たちは父が監督していますが、それ以外はほとんど」

「まあ……」

「今後はシダエ様が奥方としてやっていかれるでしょう？　ですから、お手伝いしたいとずっと思っていたんです。おこがましいのですけど、助言が必要かと」

エヴェリナの白い両手に包まれるように右手を持たれたまま、シダエは大きく頷いた。

「その通りですわ」

たしかになにからやっていいか、どこまでやっていいかなどを教えてくれる人間が必要だった。率直に申し出てくれたことに、美しい黒髪の女に対する反感を超え、感謝する気持ちが芽生える。

シダエは自分の右手を握るエヴェリナの手に、左手を重ねた。

「ありがとうございます、エヴェリナ様。わたし、戸惑うことばかりで……。ルディク様は休んでいろと言われるだけですし」

彼女の父親と同じ濃い色の目が、ちらりと一瞬、シダエの中指に飾られた銀細工の指輪に落ちた。

「……わかりますわ。ルディクはほんとうに、気が利かないところがありますから。でも、わたしにはよくお助けするように頼んでいたんですよ。おまえがよく導いてやるように、と」

「まあ、そうなの？　ありがとうございます」

「シダエ様」

微笑んで礼を言うシダエの背後で、ついてきたファナが硬い声音で注意を引く。

しかしエヴェリナがキュッと手に力を込めて、シダエの視線が外れるのを許さなかった。

「ねえ、シダエ様。よろしかったら、一緒に朝食を？」

「いいのですか？」

「もちろん、慣れてくればこちらの部屋に運ばせるのもいいと思いますが、最初ですし、大広間でみんなと過ごせば、打ち解けやすくなるのではないかしら」

「ほんとうね。だから迎えに来てくださったのね？」

シダエがひとりで納得して頷くと、エヴェリナも微笑んで、では、と手を引いた。

「厨房の責任者や仕入れ担当の者も紹介しますわ。仕入れも小麦から肉類、酒類、香草や香辛料、色々ありますから！」

「そうよね。どこから覚えていいのかわからないぐらいだわ」

「それだけではありませんよ。食事ひとつでも配膳係からなにから……、まずはそちらですわね。朝食をいただきながら説明いたしますわ、わたしが」

黒髪がふわりと揺れ、甘酸っぱいような香りがした。

「さあ、急ぎましょうシダエ様?」

「ええ……」

振り返ったエヴェリナに頷いたとき、ふと、王城の貴婦人たちにも好まれた百合《ゆり》の香りだと思い出した。


「ほとんどの者は厨房で食事を済ませてしまいますけどね」

高座で並んで食事をしているエヴェリナはそう言って、カップを口元に運ぶ。

果実酒を嚥下《えんか》するほっそりした白い喉元から、シダエは正面へと目を転じた。

昨夜の祝宴の名残《なごり》を探すが、開け放たれた大扉から差し込む朝の光に照らされた大広間は、雑多な匂いはこもっていたものの片づけは済まされ、閑散としている。

隙間もないほど並んでいたテーブルも、両脇にいくつかを残して撤去されていた。

そのひとつで、見張り番だったのかくたびれた感じの兵士たちが三人、固まって食事をしている。シダエたちが入ってきたとき立ち上がって頭を下げてくれた彼らは、いまもチラチラと視線を送ってくるが、話しかけてはこない。

「兵士長たちですよ」

カップをテーブルに戻しながら、シダエの視線を追ったエヴェリナが説明した。

「この時間はだいたい食事で集まります。厨房に食べに行く者もいますけど」

「そう」

籠《かご》からパンを取ったシダエは、焼きたてで柔らかいそれをちぎって、手前のスープ皿に浸した。たまねぎがたっぷり入ったスープは、甘くてとても美味《おい》しい。

ほかにも豆を中心にした野菜や切り分けた冷製肉などが並ぶ朝食は、白い頭巾をつけた中年の女が運んできた。

城に着いたばかりのとき入浴を手伝ってくれたひとりだとすぐに思い出して声をかけたが、女は肉厚の肩を竦めただけで下がってしまった。

「……さっきの、食事を運んできた人が、給仕係？」

「食事？　ああ、あの女は城の女たちを束ねているんですよ。使用人頭です、女たちの。昔からいる使用人で、色々と目を光らせていますから、気をつけてくださいね」

「そうなの？」

入浴のときは緊張するシダエにいろんなことを教え、礼儀を守りながらも屈託なく話しかけてくれた女だった。仲良くできそうだと安心していたが、やはり名実ともに奥方という立場になると違ってくるのだろう。

「だいじょうぶですよ、わたしがいますから」

不安が顔に出ていたのか、エヴェリナが微笑んだ。

頷いたシダエが次のパンに手を伸ばしかけたとき、大扉の向こうから人の声と重なった足音が聞こえてきた。

五、六人ほどの男たちだった。たくましい身体をシャツと脚衣に包んだくつろいだ姿をしている。

なにかを話しながら入ってきた彼らの先頭にいた黒髪の男が、すぐにハッとしたように高座に顔を向けた。

「シダエ？」

その声が耳に届いて、シダエは手を引っ込め、背筋を伸ばした。

ルディクが足早に近づいてくる。足首で折り返しのついた短靴の底が、大広間の床をカツカツと蹴《け》り、高い天井まで響いた。

「なぜ、ここに？」

白い布がかけられたテーブルに片手を突き、ルディクは身を乗り出した。高座のシダエと、ちょうど目線の高さが同じになる。

汗を流すと言っていたから、地下にあるという大浴場で湯を使った後なのだろう、ほどかれた黒髪の、肩にかかる毛先から雫《しずく》が垂れていた。その水滴が、首筋からたくましい胸元に伝い落ちていく。

「俺は寝室に戻るから、それまで休んでいていいと言ったはずだ」

「……ですが」

「わたしがお誘いしたのよ」

怯みながらも反駁しようとしたシダエの声は、隣で立ち上がった女に遮られた。

エヴェリナは両手をテーブルにつき、従姉妹と同じ黒髪をさらりと肩から滑り落としながら、首を傾げた。

「おひとりだったし、それにおなかがすいていらっしゃると思って。……いけないことだわ、ルディク。初夜の翌朝に花嫁をひとりにするなんて！」

その声は、ルディクが立てていた足音よりも高く鋭く、大広間に響いて落ちた。

シダエは口を閉じ、俯いた。ルディクを追ってきた男たちや、大広間の片隅にいた兵士たち、そして使用人たちの目から、羞恥で赤くなった顔を隠すために。

下を向いた視線の先で、テーブルに乗せられていたルディクの手が丸められた。指の関節で、コツ、とひとつ叩いて身体ごと離れていく。

「……っ」

ふいに泣きたくなった。

糾弾めいたエヴェリナの言葉で寝室に取り残されたことを思い出し、ひどくみじめな気分になる。

――そう、ルディク様は純潔の証だって一緒に確認しなかったわ……。

「シダエ」

離れていったと思った男は、ただテーブルを回ってきただけだった。長い足でひと息に高座に上がり、隣に立って手を伸ばしてくる。

「ルディクさ……っ！　なっ、え!?」

大きく力強い手が身体の下に差し込まれ、グイと強引に持ち上げられた。

背もたれの高い椅子が背後に傾き、そのままゆっくりと倒れていく。だが床で響くはずのその音より早く妻を抱え上げたルディクは、さっと背を向けて歩きだしていた。

「ル……ッ、ルディク、食事の途中よ！」

高座を下りたとき、エヴェリナが背後で叫んだ。その語尾に、倒れた椅子が立てた大きな音が被さった。

「余計なことをするな、エヴェリナ」

シンと静まった大広間に、そう言い放ったルディクの声が低く落ちる。

辺境伯はシダエを抱き上げたまま、高座の脇にある小さな出入り口をくぐった。カツ、と響く足音に怒りを感じ、シダエは抱えられた身体を強張らせた。

「ルディク様……」

待っていなかったことがそんなに腹だたしいのだろうか、と胸の中に不満のような、悲しみのようなものが広がる。

「……離してください、下ろして……」

「黙っていてくれ」

ルディクはすばやくそう言って遮り、寝室につながる螺旋階段を駆けるようにして昇りはじめた。

シダエは俯いて身体を縮め、下唇を噛み締めた。

「お戻りですか？　…まあ、辺境伯様」

足音が聞こえたのか、開いたままだった寝室の扉から、ファナが顔を出した。

執務室の扉の前で一度、足を止めたルディクは、揺すり上げるようにしてシダエを抱え直し、ファナを押しのけて寝室に入った。

「何事ですか？　朝食は……」

「出ていろ」

そして、振り返りもせず命じた。

その口調にカッとして貴婦人の顔をかなぐり捨てたシダエは、男の肩をつかんで背を伸ばした。

「ファナ、待って！」

「もうしわけありません。下がっております」

侍女は微笑んでゆっくりと首を横に振り、扉を閉めて出ていった。

遠ざかる足音がかすかに聞こえて、シダエは男の肩に置いた手に力を込めた。

「……ひどいわ、ルディク様」

「ひどい？」

「ファナは幼い頃からそばにいてくれた侍女です。追い払うような言い方をされなくても、きちんと心得ております」

自分を抱き上げる男の肩をつかんだまま、感情のままに咎《とが》めてしまう。

「わたしのために心を砕いてくれて、ファナにはとても苦労させたのに……」

緑色の双眸を数回、忙しく瞬かせたルディクは、湿った髪束がかかる精悍な顔をふとゆるめた。

「そうか。ではファナには後で謝るが、いまはおまえにだ」

「わたしに、ですか？」

「ああ、ひとりにさせて悪かった」

思いがけない謝罪にシダエはぽかんと口を開け、微笑むルディクの口元を見つめる。

「シダエ？」

「あ、いえ……、訓練があったのでしょうし、わたしは、べつに」

「だが怒っていただろう？　俺も、悪かったと思っている。はっきり言ってくれ」

その口調も声も優しかった。

強張っていたシダエの身体と心が、ゆっくりと解れていく。同時に、夫の、温かい身体や湿った黒髪からミントのような清涼な香りがするのに気づいて、なぜか頬に熱が溜まっていった。

「……わたし、怒るというより、ただ……あの、先に起きられなくて、もうしわけなくて」

「疲れていたのだから、仕方ない」

「ですが、その気持ちもあって引きとめられなくて……、でも、純潔の……わたしの……」

あからさまに口にできず、チラッと目をやる。

ベッドは帳もきちんと巻きつけられ、取り替えられた白いシーツが朝の光に輝いていた。

昨夜の名残はどこにもない。

「……一緒に、確認もしてくださらなかったから」

ぼそぼそと口の中で続けると、シダエを抱えるルディクの腕がグッと硬くなった。だが待っても返事はなく、それは焦れるほど長い時間だった。

ルディク様？　とつぶやき、返事を促して上げた視線の先で、黒狼の異名を持つ男はすばやく目を逸らした。

「……確認は、した」

「はい？」

「おまえの身体を拭いた布に、血がついていた」

「……！」

「朝、起きたらおまえが腕の中にいて、もう一度、抱きたくてたまらなかったが眠っていたし、まだつらいかと。昨夜の痛みもあるだろうし、初めてだったおまえを朝から抱いたら、起き上がれなくさせてしまう。……シダエ？」

「……は、はい」

シダエはするすると肩から手を下ろし、その手で顔を覆った。頬の熱があっという間に手のひらに伝わってくる。

あんなにも慌ただしく寝室を出ていったのは——訓練は日課なのだろうが、それでも触れるのさえ恐れるように出ていったのは……。

ルディクはゆっくりと身を屈め、シダエを床に下ろした。

「不安にさせてすまなかった」

「いえ、あの……」

ふらついた身体を、腕を握ってきた大きな手に支えられる。

シダエはみっともなく赤くなっているだろう顔を上げ、青灰色の目をルディクの緑色のそれと絡めて微笑んだ。

「……わたしこそ、お言いつけを守らなくて、ごめんなさい」

「いや、きちんと言葉にしなくて、悪かった」

腕を離した手が、そのまま背に回された。

「身支度して迎えてくれたのは嬉しい……青いドレスが似合う。髪も綺麗だ」

そっと引き寄せられ、距離が詰まる。

とても近い、とシダエは思った。

心もそうならいいのに、と。

広い肩口に額を当て、両手を男の腰に回す。女のものとはまるで違う直線的で硬い身体を感じ、鼓動がますます落ち着かなくなる。

男の人の身体――夫の。わたしの……。

「ルディク様」

吐息のように名前を呼ぶと、頭の天辺《てっぺん》に口づけられた。

後頭部に移った手に促されて顔を上げると、身を屈めたルディクが唇を重ねてきた。

そのまますくうように全身をグイと持ち上げられ、すぐに口づけは密なものになる。

くちゅ、と音を立てて絡められた舌を強く吸われると、痺れるような甘美な感覚が胸に満ちていった。

「……ん、ん……っ」

鼻にかかった声を漏らし、シダエは与えられる口づけの激しさに浸る。

この人はわたしを大切にしてくれている、と思った。

妻になった女に対する優しさなのかもしれない。

父の大公の影を透かし見た上での気遣いなのかもしれない。

ああ、でも――。

シダエはうっとりとしたまま男の身体をきつく抱き返し、自らも応えて舌を絡ませながら、胸中でつぶやいた。

――この口づけはとても嬉しいわ……。

＊＊＊

ソロンから帰還したばかりのルディクには、領主としての仕事が山積していた。同行した騎士たちへの報酬の配分や、申し立てられる細々した要望や報告の対応もしなくてはならない。

執務室ではなく大広間でそれらの対応に追われていたが、正午の鐘が鳴る頃にはひと息つくことができた。

「すまんが、あとは用意してくれ」

執事用の暗褐色の丸帽子を被った男は、みっしりと記録された羊皮紙をまとめながら頷き、では、と一礼して慌ただしく去っていく。

入れ替わるようにして、下の階から白い頭巾をつけた中年の女が近づいてきた。

「どうした？　アニス」

ルディクが先に問うと、使用人頭の女はふっくらとした頬に片手を当てた。

「料理を運んでしまってもよろしいですか？」

ルディクは緑色の目を狭め、大広間を見渡した。

采地《さいち》を与えている騎士たちが、あちこちに固まって談笑している。ここにいるのは二十人ほどで、ルディクより若い者もいるが、ほとんどが父親ほどの世代だった。

「そうだな、頼む。たくさん用意してやってくれ」

「もちろんでございます」

苦笑を浮かべたアニスの口元に白く刻まれたしわを見て、ルディクも短く笑った。

たっぷりと食事を提供できない領主は侮られる。古くから城に勤めるこの女なら承知のことだ。それに、自分に恥をかかせる真似はけしてしないとわかっているのに、余計なことを言ってしまった。

「すまない、アニス。任せるよ」

「ええ、こちらはもちろんでございますが……、奥方様の分はどうされますか？」

「シダエの？　彼女は、いま、どうしている？」

「寝室の隣の部屋を片づけていらしたようですよ」

アニスは言葉を切り、手練《てだ》れの騎士のような鋭い目でクスターを見遣った。

「エヴェリナ様とご一緒にね」

「……どういうことですか、伯父上」

隣でひげをしごいている横顔を睨むと、クスターは首を横に振る。

「言うことをきかん」

太い腰に両手を当て、アニスはふんと鼻息を荒くした。

「奥方様に色々教えてほしいとあたしにおっしゃいましたが、あれでは無理ですよ。まあ、とにかくお食事は、奥方様には別にお持ちしますから」

「頼む。それと、騎士たちが出立するときには、中庭で俺と一緒に見送るよう伝えてくれ」

わかりました、と頭を下げたアニスは、視線をめぐらせて大広間にいる人数を確認すると、慌ただしく出ていった。

ルディクは唇に指を当て、ため息を殺した。エヴェリナの顔が脳裏の片隅を過ぎる。城代の父に倣うように、この城で女主人面をしている従姉妹だ。

魂胆は知れていたが、ルディクはその答えとしてさっさと引き払えと命じていた。

だが、ソロンへの行軍などで留守にするうち曖昧にされたようだ。

「伯父上……」

「エヴェリナは奥方と歳も近いし、仲良くしたいと言っていたからな」

クスターが肩を竦め、言葉を被せて娘を庇《かば》う。

ルディクは苛立《いらだ》ちを覚えながら伯父を睨み、寝室のある上の階に目を走らせた。

シダエと一緒に食事をしたいと思う端から、顔を見たい、声を聞きたい、あの綺麗な髪に触れたい、と次々と欲が出てきた。

柔らかな身体と芳《かぐわ》しい肌を思い出せば、我慢した朝の熱がじわりと下腹から突き上げてくる。ルディクは自分の欲望を持て余し、解れた前髪を直すついでのように、手のひらで顔を覆った。

「……とにかく、エヴェリナは城を去らせてください」

「待て、ルディク」

クスターは手元にあった書類の一枚を横に滑らせ、ルディクの前でトントンと指を突いた。

訝《いぶか》しみながら視線を落とす。

やがてルディクは眉をひそめた。

「……密告とは穏やかではありませんが、これは、いつ？」

「まとめて出された要望書に混じっていた。誰が出したのかわからん」

「署名も紋章印もない」

「だが見過ごせん。俺のほうで使いを出しておく」

ルディクは小さく頷いて了承し、もう一度、紙面に目を落とした。

アラルーシアの西にあるオフェン砦に、ソロン州から逃れてきた騎士たちが集結している、という内容だった。

主だった諸侯や騎士たちは捕らえられ、ソロン侯爵の名のもと裁かれ、あるいは王城へ連行されている。残党もすべて片づけたはずだった。

これ以上ソロンに関わることはないと思っていたのに、自分の足元で上がった突然のきな臭さに、胸にじわりと怒りが広がっていく。

「オフェン砦はレジム家の管理下だ。ソロンの騎士を匿《かくま》うだなどと……なに、誤解だろうよ」

「……そうですね」

軽く言う伯父の言葉に頷いて、苛立ちを振り払う。

レジム家は縁続きで、ウルディオ家の狼と似た紋章を許されている。ルディク自身に血のつながりはないが、父方の伯父であるクスターの妻の生家だった。

ふと、胸がざわつく。苛立ちとは異なる、なにか別のものだ。

「すぐに情報収集させる」

それを明確に形にする前に、クスターの太い声に思考を断ち切られた。

「なにか行き違いがあっただけだろう。まあ念のため、これの出所も調べておく」

ルディクの手にある紙を引き抜き、クスターは短く悪態をついた。面倒なことだ、と聞こえたがそれには答えず、揺れる紙の上に記された文字から目を外す。

「報告は最優先にしてください。万が一、密告通りならばすぐに出ます」

伯父とは別の手で探らせようと決めた途端、胸の内で一頭の黒狼が身体を起こし、低く唸りはじめた。


城内に引かれている湯はそれほど熱くない。手早く拭いても身体はすぐ冷えてしまう。

「さ、はやくこちらを」

ファナが差し出したのは、薄手の麻生地で仕立てられた白い寝間着だった。

ゆったりとした丸襟と袖口に、細いリボンが飾られている。それを頭から被って長い裾を直すと、背後に回ったファナが、部屋履きを用意してくれた。

「……ん、いい匂い」

寝間着からは、ふわりと清涼な香りがした。長櫃に入れておく乾燥させた香草の匂いだ。

一本に編んで結い上げていたシダエの髪を解しながら、ファナは頷いた。

「ちょうどいい具合に移りましたね」

「ほんとうね。この香り、好きだわ。ほかにも入れておいてくれる？」

「持参したものはもうないので……、そうですね、アニスさんに聞いて、こちらで使うものを用意しておきましょう」

「ありがとう」

ほどかれた髪を手で梳きながら、シダエは微笑んだ。山々が近く、自然が豊かなアラルーシアにどんなものがあるのか、楽しみだった。

「あちらの準備をしてきますね」

ファナは燭台から一本、火のついたままの蜜蠟を抜き取り、寝室を区切るタペストリーをめくった。

「持って、わたしも行くわ」

腰まで垂れる金髪を揺らして侍女を追いかけ、柔らかな部屋履きの立てる軽い音とともに駆けだし、暗い寝室に入る。

「暖炉の前にどうぞ、シダエ様」

淡い灯りを頼りにベッドを回り、暖炉前に敷かれた絨毯の上で屈んだシダエは、息をついて両手を炎にかざした。

「……こちらはまだ寒いのね」

「コリス市よりずっと北ですし、高地ですから」

あたりまえでしょう？　と言うように答えた侍女に背を向けたまま、揺れる炎を見つめてぼんやりと物思いにふける。

寒がりなのに、冬になったらどうしようかしら……。

「入るぞ」

声と同時に、扉が開いた。

反射的に目をやったシダエは、扉に手をかけた長身の影を確認して、高鳴った鼓動を落ち着かせるようにゆっくりとまたたいた。

執事か従者が通路にいるのか、二、三言なにか指示をしてから部屋に入り、ルディクは後ろ手で扉を閉めた。

「湯は使わなかったのか？」

夫はほどいた黒髪を掻き上げながら、暖炉の前の妻を見て顔をしかめた。

ルディク自身、湯あみした後なのだろう、丈長のシャツに脚衣、足首の紐をゆるめた布の短靴といった楽な装いだ。

「シダエ様は冷えないように、暖炉の前にいらっしゃるだけです」

ファナが答えると、ようやく愁眉《しゅうび》を開く。

「そうか」

「灯りはどうなさいますか？」

「ああ、構わない。俺が消す」

「では、わたしはこれで失礼します。お持ちするものなどはございますか？」

「だいじょうぶだ。ファナ。下がっていい」

「ありがとう、ファナ。おやすみなさい」

「はい、失礼します」

主人夫妻をそれぞれ見て、手にしている蜜蠟の灯りに柔らかく照らされる顔を和ませたファナは、一礼して出ていった。

「……寒くないか？」

ルディクは大股に近づいて、暖炉脇に置かれた火掻き棒を手にする。

「火を強くしよう」

「だいじょうぶです」

シダエはまっすぐ背を伸ばし、身体の前で両手を組んだ。ルディクが入ってきたときから顔が火照り、いまはむしろ暑いくらいだ。

火掻き棒を戻したルディクは、また落ちて顔にかかる髪を煩わしげに頭を振って払った。少し湿ったその黒髪からは石鹸の匂いがする。

「今日は大変だったろう？　ありがとう、シダエ」

向き合ったルディクが、そっと手を伸ばしてきた。節の張った長い指が耳朶に触れ、金色の髪のひと房をすくい取る。

「騎士たちを見送るのも、城の者たちを知るのも、大切なことです」

とらわれた自分の髪の先を見つめながら、シダエは生真面目《きまじめ》に答えた。

ソロンの行軍に同行した騎士やその従者、兵士などは、予定を済ませて午後にはほとんどが出立していった。シダエはルディクの傍らに立ち、ひとりひとりに声をかけて見送った。

夜には城の主要な面々とともに大広間で夕餐《ゆうさん》があり、その紹介続きもあってたしかに疲れている。

「大変なことですが、辺境伯夫人としての務めですから」

「務め、務め、か。……変だな」

ルディクはそう言って、手にしていた髪を持ち上げて唇を押し当てた。

「変、ですか？」

自分の髪に口づける夫の顔を見つめながら、シダエはわずかに目を見張った。

変？　――わたしが奥方の務めを果たそうとすることが？

胸中の不満を読みとられたのか、ルディクは小さく笑いをこぼして首を横に振った。

「そういう意味じゃない。務めが大事なのは俺も同じだ。だが一日中、おまえのそばにいてゆっくりしたいし、城や、領地のあちこちを連れ回したいとも思っている」

「連れ回す？」

「ああ。務めを放り出して、ふたりきりで」

「……」

「おまえもそう望んでくれたらいいのに」

ルディクは髪から手を離した。そのまますばやく伸ばされた両腕でからめとられ、距離が埋められる。

抱き締められて、シダエは反射のように身体を硬くした。しかし夫は気にするふうもなく、胸元に押しつけるように金色の髪を撫で、頭の天辺に口づけてくる。

「一緒に、いろんなものを見たい」

「わたし……、あの、わたしも、アラルーシアの土地を見てみたいです」

「見たい？」

「はい。いまの季節だとどんな花が咲くのか……、領民と話もしたくて。有名な果樹園も行ってみたいですし……」

アラルーシアでは果樹の栽培が盛んで、造られる果実酒は名産品だ。そうしたものを学んできたし、興味を持っているのだとわかってほしかった。

「たくさん、知りたいです」

「そう言ってもらうと、嬉しいな」

ルディクの返事に、笑いが含まれた。照れながらも誇らしさを隠しきれていないような、そんな少年っぽさが伝わってくる。

ふいにシダエは、喉の奥がむず痒《がゆ》くなるような感覚に襲われた。

——もっと知ってほしい。もっと、わたしの気持ちを。考えを、後悔を。

シダエは手を回し、ルディクのシャツの裾をキュッと握った。

「わたし、二年間、サニケ伯爵家のお館でずっと過ごしていて……、裁縫や刺繍、本を読んだり写本をしたり、楽器も。館の中でできることだけやっていたので、外に……出てみたい、です。そうしないといけないと思って……」

「シダエ」

名前を呼んで言葉を遮り、ルディクは華奢な身体をきつく抱いた。

「しないといけない、などとと思わないでくれ。義務や責任は出てくるが、それでも我慢してほしくない」

「……ルディク様」

「いろんなところに連れていく。約束する。そうだ、その前に見せたいものがあるんだ」

夫はふいに声を弾ませ、深く身を屈めて片手をシダエの膝の裏に回してさらい、軽々と持ち上げた。

きゃっ、と小さく悲鳴を上げたシダエは浮いた爪先をバタつかせ、慌てて両手で男の厚い肩をつかんだ。

「ル、ルディク様！」

「暖炉の上の燭台を取ってくれ」

言葉に混ぜた非難を無視したルディクに、飾り棚に置かれた、半分ほど溶けた太い蠟燭の刺さった手燭を示される。

ため息をついて怒りを逸らしたシダエが手燭の握りを持つと、ルディクは重さを感じさせない動作で歩きだした。

「気をつけて、いいな。じゃあ、行くか」

「このような時間に、どこに——」

「隣だ」

シダエの腰に回して支える手を器用に使って扉を開けたルディクは、ヒヤリとする空気が流れる通路に出た。

手燭の炎がジ、ジ、と音を立てて燻《くすぶ》る。その黄色がかった頼りない灯りの輪は、少し先の扉を照らした。

「ここは？」

「俺の執務室だ。王城のように立派ではないが」

「そんなこと……」

執務室なのはわかっている。だが、こんな時間になぜ——と思ううち扉が開けられた。

シダエは暗い室内を見回した。

無意識に掲げた手燭の灯りが、ぼんやりと輪郭を浮かび上がらせる。

中央にある大きなテーブルの形を確認する前に、ルディクの腕から下ろされた。部屋履きの底が床に着くと、持っていた手燭をそっと奪われる。

「おいで」

テーブルにはいくつか、椅子が備えられていた。その間にシダエを立たせ、ルディクは身を乗り出して手燭を置いた。柔らかな布のようにふわりと広がった灯りが、天板に刻まれたこまかな模様を浮かび上がらせる。

地図だとすぐに気づき、シダエは目を見開いた。

旗の立つ城、町は小さな建物の群れ。木々は針葉樹の形で、森はそれを密集させている。リボンのような曲線で細く長く刻まれたのは街道だろう。

「アラルーシアだ」

広げた手のひらを中空で回してルディクが言った。端的な言葉だったが、領主として治めている版図への強い愛情が滲んでいる。

「ここが、この城」

シダエの肩を抱いた手に力を込めたルディクは、もう片手の指先でトントンと天板を突いた。広大な領土を記した地図の上では、アラルーシア城は中心より右端にある。

ルディクはそこから横に指を滑らせた。

「こっちは、ペナの町。少し行くと川だ。ほら、北の山から続いているだろう？　これが、おまえが領地に入ってから通ってきた道」

「じゃあ、馬車から見えたのは、こちらの森ですか？　美しい白い木の」

「白樺《しらかば》だ。このあたりではボヌンの森と呼んでいる」

「ボヌン?」

「妖精だ。いたずら好きなボヌンが、悪さを続けた罰としてひとりで棲《す》んでいる。……おとぎ話だが、森の奥には古い神々の神殿跡があったから、そんな話が生まれたんだろう」

「まあ!」

首をねじってルディクの顔を仰ぎ見て、シダエはパッと顔を輝かせた。

「見てみたいです!」

「神殿跡を? 崩れて、ただの石くれになっているぞ?」

「ええ、それでも。ルディク様と一緒に、行ってみたいです。その妖精の森も、神殿跡も。色々と、たくさん……っ、ル……んっ」

顔を傾けてすばやく寄せた男の唇に塞がれ、言葉は遮られた。

天板に置かれていた手が頬に触れ、口づけたまま上を向けさせられる。もう片手で腰を支えられ、シダエは爪先立った。

「近いうち……」

唇を少しだけ浮かせて、ルディクが言った。

「俺の馬に乗せて、連れていく」

「……んっ」

はい、という返事ごと飲み込まれ、唇がまた重ねられる。

厚みのある舌が歯列を割り、触れ合った途端、何度も親密な仕草で刺激された。仄暗い執務室の床に重なり合った影が揺れ、交わる甘美な音が響く。

ふと、密着した腹部に当たる硬いものに気づいた。

その存在に思い至り、シダエは身体をふるわせた。

薄い寝間着越しに感じる熱と質量は、下肢から力を奪っていく。思わずすがりつくと、ルディクが腰を揺らし、淫靡な熱をさらに押しつけてきた。

「は……っ、あ……」

昂ったものに柔らかな腹を擦られ、シダエは喉の奥で呻いた。

爪先立ったままの不安定な足がさらにふるえる。内股にぎゅっと力を込め、無意識に擦り合わせるような動きをすると、ルディクは唇を離して吐息のような笑いをこぼした。

間近から見下してくる緑色の双眸は、彼自身の異名となった獣のようにきらめいている。

シダエは耳の奥まで響く自身の鼓動に煽られ、火照った顔をゆっくりと伏せた。

「一緒に行こう。約束する、シダエ」

妻の耳元に唇を寄せ、男はかすれた声で誘った。

「いまは寝室に連れていきたい。俺たちのベッドに。……いいか？」

「はい……」

シダエは顔を伏せたまま小さく答えた。

吹きつけた風に心地よい温さを感じ、階段の途中で足が止まる。

視線を上げれば、灰色の壁に細い窓があった。その先は澄んだ青空で、ちょうど鳥の小さな影が過ぎていくのが見えた。

「シダエ様？」

「いま行くわ」

先に降りていたファナに促され、シダエは夏の森のような濃い緑色のドレスの裾を持ち上げ直し、階段を降りた。動きに合わせ、腰に巻いた飾り用のベルトがささやくような繊細な音を立てる。羽根模様を連ねた金細工の品だ。

それと同じ意匠の短い首飾りを指先で直したとき、ちょうど通りかかったふたりの女が頭を下げていった。裁縫室に向かうところなのか、端切れを積んだ籠を抱えている。

「忙しいみたいね」

シダエは足を止め、女たちの背を見送った。

「暖かくなってきたし、薄物の用意かしら？」

「行ってみますか？」

揶揄うような笑みを浮かべ、ファナが言う。

「裁縫室の隣は図書室ですよ。この時間なら、いらっしゃるかもしれませんね」

図書室は、執事たちの仕事部屋でもある。朝食時、正午過ぎにはそこで帳簿の確認をするとルディクが言ったのを、耳聡《みみざと》い侍女は聞いていたのだろう。

「いいわ、いまは外を見たいの」

歩きだしながら、シダエは火照った顔に指先を当てた。

アラルーシア城に迎えられたのは、ほんの五日前だ。なのに、心を占めるルディクの存在が、五年前の傷を忘れさせるほど大きくなっている。

それを見透かされ、忙しい夫となかなか一緒に過ごせないのを気遣われるのは、なんとなく恥ずかしい。ファナはもちろん、五年前のことも知っているのだから。

だが正直に言えば、提案に頷きたかった。

会いたいという気持ちがふくらんでいく。ルディクは日が昇ると同時にベッドを離れ、その後はほとんどすれ違いになってしまうから、余計だった。

忙しいのはわかっているから、無理は言えない。

それでも少しの時間でも顔を見て、話をしたかった。

ふたりきりになれるのは夜だけだ。夜、寝室で――ベッドの中だけで……。

昨夜も、まだいくらかぎこちないものの、互いに話をした。サニケ伯爵家で過ごした二年間のことや、これから訪れるアラルーシアの夏の過ごし方を。

そして口づけからはじまって、肌を重ねて……。

夫婦として床を共にするのは義務だが、たくましい腕に抱かれ、激情を身体の奥深くに注がれるたび歓喜にふるえてしまう。

離れていても——昼日中のいまでもそのことを思い出せば、身体が熱くなってくる。

シダエは左胸に手を当てた。普段は感じることもないが、指の下にある痣もかすかに痛む気がした。

ひどい噂の一因にもなった胸の痣だが、ルディクはいつも口づける。

そう、昨夜も強く吸われた。唇で。何度も。痛い、と思わずこぼすと、夫の唇は同じように赤くて、けれどももっと敏感なところに移された。

そこも吸われ、執拗に舐られて——その強い刺激でシダエが蕩けてしまうと、うつ伏せで腰を高くされて……。

「……きゃっ」

「足元に気をつけてください！」

「ご、ごめんなさい。……ありがとう」

貴婦人用の華奢な短靴の踵《かかと》が滑り、ファナに腕をつかんで支えられた。

シダエは自分の注意散漫を胸中で叱咤《しった》し、ドレスの裾を持ち上げ直して慎重に足を踏み出した。城の女主人として、みっともない姿は見せられない。

見張り塔や居館に囲まれた小さな内庭に続く細い通路は、行き来が多かった。

これまで過ごしてきたサニケ家の館とは広さも、起居する人数も倍以上に違うことをあらためて感じさせられる。王城の整然とした人の多さともまた違う活気があった。

城の切り盛りを補佐する執事も、見習いを含めると五、六人いて、それぞれに担当があるらしく、紹介されたがまだ名前と顔が一致しない。

そんな執事たちも含め、できるだけ自分から声をかけていくようにしたいと考えていた。

ほどなく通路は、鉄枠を嵌め頑丈に作られた扉に突き当たった。見張りの兵士に挨拶して開けてもらえば、日射しが溢れる内庭だ。

シダエは、薄暗い通路に慣れた目を眇《すが》めた。

城壁側には木材を組み合わせた小屋がズラリと並び、いくつもある細い煙突から煙が出ているが、庭のほとんどは板塀で仕切られた菜園だった。

野菜や香草が植えつけられた中で数人が作業していて、そのうちのひとり、白い頭巾をつけた女がシダエに気づいてパッと頭を上げる。

「まあ、奥方様……！」

その声につられ浅黒い顔を上げた男たちは、不審そうに眉を寄せながらも会釈してきた。

シダエはなるべく感じがよく見えるよう、微笑んだ。

「いいお天気ね、ご苦労様」

「こんなところまで下りてこられて、よろしいのですか？」

収穫した野菜を入れた籠を抱え直し、女は日に焼けた顔に笑みを浮かべた。しかしその背後にいた男は、無言で小屋に戻っていってしまう。

その背をチラッと見送ったシダエは、笑顔のままの女に言った。

「ごめんなさい、忙しいのね」

「そんなこと！　あの、いえ、奥方様はあまり出歩くのがお好きではないのかと……」

女は失言に気づいたように語尾を濁し、手にしていた籠の中身を確認するふりをして目を伏せた。

口元が引き攣るのを自覚して、シダエも顔を逸らす。

サニケ伯爵家に引きこもっていたことを、みんな知っているのだわ、と思った。頼りない女が奥方になったと失望されているのかしら……。

「……あの、少し、見ていてもいい？　ずいぶんたくさん作っているのね」

「もちろんです、ごゆっくりと、どうぞ」

「ありがとう。……これは、なにかしら？」

「タマネギですよ、シダエ様」

背後から小さな声で教えてくれたファナを振り返り、シダエは「まあ」と目を見開いた。

「そうなの！　まだ小さいのね。あちらはなにかしら？　なにを作っているの？」

畝《うね》にできた作物を、中腰になって見下ろしながら指を差す。そのままの姿勢で顔を上げたとき、そこには男たちも、籠を持っていた女さえもいなくなっていた。

「シダエ様、みんな、緊張しているのですよ」

肩を落とすと、ファナが明るい声音で慰めてくれた。

「……そうね、わかっているわ」

頷いて身体を起こしたが、気力が萎《な》えてため息が出る。

嫌われているのかしら、と思った途端、部屋に戻り扉を閉めたくなった。

それではいけないとわかっていても、優しい伯父と伯母に匿われた二年間で脆《もろ》くなった心は簡単に傷ついてしまう。

「どうしますか？　ここから下に回ると、林檎なんかも作っているそうですよ」

「……でも、みんな忙しいみたいだし……」

戻るわ、と言いかけた言葉を、シダエは飲み込んだ。小屋から、暗褐色の丸帽子と胴着をつけた男が慌ただしく出てきたのに気づいたからだ。

「これは、奥方様。こんなところにまで、なんのご用でしょう？」

三十手前ほどか、顔の長い男で、ひげをたくわえている。

シダエは無意識に眉をひそめた。鼻の下のひげ、とくにそれをふた股に整えたひげは大嫌いだった。前の婚約者を思い出す。

「あなたこそなぜこんなところに？　フェルス執事」

それはファナも同じだったのか、硬い声で問い返して前に出た侍女は、フェルスの視線からシダエを隠して詰問する。

「執事が菜園の手伝いですか？」

「いや、いや、自分は厨房の確認です。仕入れ係にね」

フェルスは手にしていた携帯用の石板を軽く振った。

その仕草を合図にしたように、小屋の戸口から数人の男の使用人が集まってくる。

「我々は忙しいものでしてね」

ひげをそよそよと動かしながら言うフェルスの背後に、男たちが並んだ。料理人なのか、長い前掛けをつけた男は、擂《す》り粉木《こぎ》を持ったままだ。

シダエは怯んだ。言外に、部屋に戻っておとなしくしていろと威圧されている気がする。

「それは……、ごめんなさい、忙しいときに」

「いえ、もちろん、奥方様がお望みでしたらご案内しますよ。こちらの男は厨房係で……」

フェルスは軽んじているのがわかる口調で、背後の男たちの紹介をはじめた。

「結構ですよ！」

ファナはぴしゃりと言って身体ごと振り返り、シダエの腕を押す。

「ほかへ行きましょう、さあ、シダエ様」

「おや、どちらへ？　せっかくですから中も見物されては？」

「——まあ、なにをしているの！」

そのとき、練兵場に続く小路を曲がって、鮮やかな赤いドレスを着た女が駆けてきた。持ち上げた裾から、白い足首と瀟洒《しょうしゃ》な黒い靴が覗いている。

「シダエ様、こちらにいらっしゃると聞いて……、どうなさったのですか？　フェルスがなにか？」

エヴェリナは息を整えながら垂らした黒髪を肩から払い、執事に目をやった。

フェルスは丸帽子を被った頭を、恭しく下げた。

「自分はなにも。そんなことよりエヴェリナ様、仕入れの詳細を聞き取りましたので、確認をしてください」

「後でするわ、ルディクがいま執務室に戻ったから……、そのときにでも」

片手を上げて断ったエヴェリナは、その手をシダエの背に置いてやんわりと押す。

「行きましょう、シダエ様。無理にいらっしゃらなくても、だいじょうぶですよ」

「え、ええ……」

結局、来た道を戻り、建物の中に入った。

薄暗く狭い通路で、自然、ファナが後ろにつき、シダエはエヴェリナと並ぶ。

「ねえ、シダエ様」

親しい間柄でするように腕を絡ませてきたエヴェリナは、黒髪を揺らしてシダエの耳元に赤い唇を寄せてきた。

百合を思わせる香りに鼻腔をくすぐられたシダエは、眉をひそめる。

「なんでしょう?」

「お気を悪くなされないでくださいね。フェルスたちは、わたしが女主人になると思っていたので、落胆しているのですよ」

「そう、なのですか」

「仕方ないと許してあげてください。わたしはこの城を切り盛りしていたし、それに……」

エヴェリナはさらに唇を寄せ、吐息のようにささやいた。

「これまでルディクのベッドを温めていたのも、わたしでしたから」


貴族の男に愛人がいるのはめずらしくないことだと、自分に言い聞かせる。

十五歳まで王城で過ごしたシダエは嫌でもそういった方面に詳しくなっていたし、好悪を抜きに容認しなくてはならないと教えられていた。

結局のところ、貴族の結婚は家のためのものなのだから。

考えてみれば、アラルーシア辺境伯位を持つウルディオ家の当主が、これまで妻を迎えていなかったというのもおかしな話なのだ。

妻がもたらす嫡子はなにより優先される。家臣や城に仕える者たちは、一刻も早くルディクに妻を――息子を持たせようとしただろうに……。

シダエはハッとした。もしかすると、すでにどこかに子供がいるのかもしれない。婚外子として、愛人の腹から生まれた子が。

あのエヴェリナが、もしかしたら……。

「……わたし、なんてことを考えているのかしら」

つぶやいて、かすかにふるえる手で頬をはさむ。湯を使ったばかりなのに、指先がひどく冷たかった。

「どうしました？」

銅製の火消しを手にしたファナが振り返った。その訝しげな表情を見て、シダエは慌てて首を横に振る。

「なんでもないの。……あちらの部屋も、火の始末はお願いね」

「もちろんですよ、では、おやすみなさいませ」

壁に備えつけられた燭台の火を手早く消し、ファナは背を向けた。

その姿がタペストリーの奥に消えると、シダエは正面の暖炉に目を戻し、揺れる炎の小さな踊りに見入った。暗い室内で揺れる黄みを帯びた火影が、垂らした金髪や、肘までの袖がついた裾の長い寝間着の上で揺れる。

夫を待ち、ベッドにいるべきだと頭の片隅で声がする。

王城で教えられた通り。

そう、これまでもそうしていたように。

――ほかの女もそうしていたように？

「……っ」

剣で斬りつけられでもしたように胸が痛み、シダエは膝を抱えてしゃがんだ。

仕方ないと理解していても、エヴェリナの赤いドレスをまとった姿態や、百合の香りを思い出すだけでつらい。

彼女はこれまで見せてきた親切ぶった態度の裏で、嗤っていたのだろうか？

「ひどいわ……」

ため息とともに嫌な気持ちを吐き出して立ち上がろうとしたが、どうしても足に力が入らない。

シダエはもう一度ため息をつき、膝を抱えて身を縮めた。

締めつけられる痛さに耐え兼ね、きつい室内履きを取り去って足を伸ばしてしまう。

暖炉の前には毛足の長い絨毯が敷いてあったので、素肌に触れる感触が心地よくてホッとする。

貴婦人がなんて格好なの、と自嘲した途端、小さな頃、父親と過ごした王城の塔の一室で、やはり暖炉の前で足を伸ばしていたことを思い出した。

もう子供じゃないのに、と少しだけおかしくなる。

ルディク様が来る前に、教えられたよき妻のようにきちんとベッドにいないと——シダエは手をついて、今度こそ立ち上がろうとした。

「シダエ？　どうした？」

そのとき見計らったように扉が開いて、黒髪をほどいた夫が入ってきた。

シダエはその姿をすくい上げるように見つめる。いま、ベッドに行くところだったのに。

どうしてわたしは、なにもかもうまくいかないのかしら……。

「……もうしわけありません」

謝ると、シャツの襟紐を緩めながら、ルディクは首を傾げる。

「なにがだ？」

「わたし、こんな格好で、いま、ベッドに……」

「いや、いい」

隣にすばやく腰を下ろした夫は、自身も足を伸ばした。そして、寒がっていると思ったのか、シダエに腕を回して引き寄せる。

「話もあるし、少しこうしていよう」

「……お話、ですか？」

顔から血の気が引いていくのがわかった。

エヴェリナのことだろうか？　あの百合の匂いをまとった女のことを……？

「数日、城を離れるから、留守を頼む」

「え……、あの、どちらに……？」

「西南に下るとオフェン砦がある。そこに出向くことになった。明日には発つ」

「お戻りは、いつですか？」

「馬を走らせれば、半日かからない。行き来と合わせて……、そうだな、五日かそこらで戻れるとは思うが」

「……そうですか」

シダエは口元を手で覆った。

お気をつけて、と続けなければ。お戻りをお待ちしております、と。

だが唇から漏れたのはため息だった。恐れていたことではなかった。エヴェリナのことでは——それでも冷えた心は硬いまま、胸の奥でごろんと転がる。

かすかにふるえた反応をどう思ったのか、回されていた腕に力が込められた。

「シダエ？　心配しなくていい。見過ごせない報告があって、確認してくるだけだ。すぐ戻るし、この城には兵士団を置いていく」

安心させるような、穏やかな口調だった。

「……ありがとうございます」

頷きながら、シダエは自分の心がまたごろん、ごろんと動くのを感じた。

——わたしはあなたの妻ではないの？　領主自ら出向くほどなのに、その理由も教えてくれないの……？

貴婦人はただ微笑んでいればいいのだと、そうして夫に従っていればいいのだと教わった。

だが、教わった通りにしているのに、ちっとも満足できないのはなぜだろう？

こんなに近くでしっかりと抱き締めてくれているのに、距離を感じてしまうのは……？

触れ合う熱い身体から伝わってくる鼓動さえも気まずいものに思えてきて、シダエは少しだけ身を離した。

「シダエ」

「……はい」

身体を斜《はす》にしたルディクは、もう一方の手でシダエの顎に指をかけた。クイ、と持ち上げられ、黒髪に縁どられた顔が重なった。

触れ合うだけの優しい口づけは、ちゅ、とかすかな音を残してすぐに離れていく。

「寂しいか、シダエ？」

「え……？」

「俺だけか？　こんなにつらいのは」

「そんな、こと」

切なく痛む胸を持て余し、シダエは身じろいだ。

視線を逸らすと、許さないと伝えるように硬い手に力がこもり、あ、と上げた声ごと飲み込んでまた唇が重ねられた。

ルディクは柔い唇を食み、舌先でなぞりながら、シダエの背中に当てた手のひらを滑り落としていく。

そうして次第に口づけを深めながら、覆い被さるようにして上体を傾けてきた。

自然、押されてシダエは背後から倒れた。反射的にシャツを両手で握ってすがりつくと、青い絨毯の上に広がった金髪を指に絡めながら、ルディクは顔を上げた。

手をついて見下ろしてくる男の黒髪が揺れる。覗いた目は細められ、暖炉の炎の映りを消して黒く色を変えていた。

「シダエ、寂しいと言ってくれ」

「あ、あの……」

上になった夫の、硬い興奮を腰のあたりに感じ、シダエはうろたえた。

「ルディク様、ベッド、で……、あちらで……」

「後からな」

自由なほうの手でシダエの額にかかる髪を払い、ルディクはそこに唇を押し当てる。

「俺は寂しい」

「え……」

「ソロンに行ったときも寂しかったし、後悔していた。王城に残って婚儀に出ていればと、ずっと」

「……あなたは、紋章を刻んだ飾りを送ってくださいました」

いまは外套を留めるのに使っている金のブローチだ。狼を彫ったそれを思い出して言うと、額からこめかみ、頰にと唇を移したルディクは、苦笑を漏らした。

「ルディク様？」

「ほかの男を隣に立たせたくなかった」

「え？」

「本当なら代理を用意するべきだったろう。花嫁ひとりの式など……悪かった。だが代理も、それがだれでも嫌だった」

ルディクは言い終えるとすぐに唇を重ね、激しく口づけてきた。

その性急さに煽られて苦しくなり、シダエは息を求めるように頭を反らし、唇を外して喘いだ。

「……あ……っ」

上がった顎先を舐めた舌が、そのまま下に移っていく。黒髪が柔らかな肌をくすぐり、ルディクの顔が首筋に埋められる。

柔らかな喉元に吸いつかれて小さな痛みが走った瞬間、恐れに似た感覚に貫かれた。

捕食する獣は、喉笛に牙《きば》を立てると聞いたことがある。狼、黒狼――ああ……、とシダエは声にならない声で喘いだ。恐怖はすぐに甘く全身を痺れさせる歓喜に変わる。

「あ……っ、ル、ルディク、様……！」

胸元に落とされていく黒髪を梳きながら滑らせ、筋肉の張った肩に置いてギュッとシャツをつかむ。

寝間着の襟が夫の指で引き下げられ、ふくらみの上側に唇が触れた。同時に、指先が尖った頂を布越しに擦っていく。

刺激に思わず腰をくねらせると、ルディクは手のひらで乳房を押し包みながら、さらに襟を下げた。そして左胸にある赤い痣をいつものように舌先で舐めながら、所有者の余裕を示すようにゆっくりと双丘を包む。

「や……っ、あ……」

「シダエ……」

ささやきとともに先端を口に含まれ、まるで肉を削り取る獣のそれであるように、広げた舌で強く舐められた。

肌着越しに、しっとりと温かな、奇妙な感覚が広がっていく。

高い声を上げてねじるように背を反らすと、そのまま下に手を差し入れて軽々と腰を抱えられ、膝をつく男をはさんで足を開かされた。

「……っ」

肌着の裾がめくれ上がり、白く滑らかな腿がむき出しになる。

上体を起こしたルディクはその足に手を滑らせると、膝の裏を持ってグイと持ち上げた。

羞恥から非難を込めて名を呼ぶと、ルディクは妻の足の間に入れた身体を進ませ、暖炉の火影がチラチラと揺れる顔に、苛烈な笑みを浮かべた。

「ルディク様……！」

ほどけた黒い髪の合間に覗く緑色の目が、シダエの顔に、襟元が乱れた乳房に、大きく上下している腹部に——そして裾がめくれて曝《さら》け出された足の間に落ちていく。

抵抗をものともせず滑らせた手が秘所に当てられ、長い指で弄られた。

「……あっ、や、ルディ……ッ、ああ……っ！」

すでにしっとりと潤っていたそこから、淫靡な甘さを含む濡れた音が響く。

指先で執拗に撫でられると、下腹部の奥がキュッと縮む感じがして、さらに奥から溢れていくのがわかった。

「あ……っ」

息を詰め、開いた両足をふるわせると、ルディクの硬く大きな手がさらに繊細に動いた。突起に親指の腹を当てながら、太い指が一本、蜜をこぼす入り口に差し込まれる。抜き差しする動きと一緒に敏感なところも弄られ、どんどん速められていく。

「……っ！　あ、は……ぁ、んっ、あぁ……」

腰をくねらせると、挿入する指が増やされた。

熱い内部は二本の指の淫らな誘いに応じ、クチュクチュと音を立て、さらに蕩けていく。

「ああ――……ッ！」

穿《うが》たれた指を強く締めつけ、シダエは導かれるまま達した。

荒い息のひとつごとに弛緩《しかん》していく四肢に合わせ、ピク、ピクとふるえる体内からゆっくりと指が引き抜かれる。

上体を倒し、ルディクは真上から見つめてきた。

与えられた快感で上気した顔が恥ずかしく、シダエは目を伏せた。

その瞼に口づけながら、ルディクは脚衣の紐をゆるめて滾《たぎ》ったものを解放し、濡れそぼる秘所に先端をあてがい滑らせた。

シダエは息を詰めた。何度も受け入れたが、それでもこの瞬間は怖い。

「……シダエ、だいじょうぶか？」

ついていた手を肘に替えて顔を近づけたルディクは、唇を触れ合わせてかすれた声で問う。

「このまま……いいか？」

「……は、はい」

返事とともに、ふ、と力が抜けた瞬間、ひと息に深く貫かれた。

「んっ、んぁ……っ！」

「……っ、シダエ……！」

「あ……っ、ぁあ、んっ」

受け入れる圧迫と違和感は、獣が満足したときに鳴らす唸り声にも似た、大きく息をつく夫の声とともに歓喜に変わった。

体内がふるえ、彼を締めつける。

一度引いて、ルディクはさらに押し込んできた。シダエは男の硬い腕に爪を立て、仰け反った。

「……ん、あー……っ……」

脈動と熱が混じり、愉悦が押し寄せた。

なのに、どうしようもないほど胸が切なくなる。

これほど深いところでひとつになっているのに。

——……どうして寂しいなどと思うのだろう？

「あっ、や、ん、んん……っ」

シダエ、と何度も耳元でささやかれ、深く埋められたもので最奥をゆっくりと突かれる。

その痛みにも似た強い刺激が、シダエの全身を快楽に浸した。

シャツの襟から見える汗ばんだ肌、その匂い、熱――自分を組み敷く男のすべてに煽られていく。強く湧き上がるそれに抗えず、両腕を夫の身体に回した。

「ルディク様……！」

すがりついたまま、男の腰をはさむ腿に力を込めて促す。

もっと、深く。もっと――寂しさごと埋めるように、もっと……。

ルディクはすぐに求めに応じ、激しい律動でシダエを揺らした。

＊　＊　＊

垂らした金髪を揺らす風に湿った匂いが混じった気がして、シダエは眉をひそめた。

だが、雨になっても出立が延びることはないのだろう。

主塔前の中庭は準備を済ませた男たちの姿で溢れていた。その間を抜け、濃い灰色の外套をまとい、黒髪をいつものように束ねたルディクが近づいてくる。

「寒くないか？」

肩に巻いた毛織のショールを直されると、乗馬用の手袋の武骨な革の匂いが一瞬、シダエの鼻腔をくすぐった。

「だいじょうぶです」

「そうか。なら、下まで一緒に行こう」

ルディクは片方だけ手袋を外し、太い中指に狼の印章指輪を嵌めた手を差し出してきた。

その手に冷えた指先を乗せると、目を細めて見つめられた。

「足元に気をつけろ」

「はい」

夫に手を取られて歩きながら、シダエはあたりを見回した。

ルディクに同行するのは、丸帽子を被った執事のほか、兵士たち、そして城代を務めるクスターだった。

発つ者、見送る者でざわつく中庭に、探す女の姿はない。

朝食の席でも見当たらなかった。

不審に思いながら城門をくぐり抜け、先の細い坂道を下れば、鞍と荷物を乗せられた馬たちがすでに待機していた。

手を離し、シダエのこめかみへとその指先を滑らせた夫は、そのまま頬に口づける。

「すぐに戻るから、心配しないでくれ。なにかあったら、報せをすぐに出す」

「はい、お気をつけて……」

ひとつ頷いたルディクが背を向けた途端、ふいに強く胸に痛みが生じた。

どうしよう——もっとなにか言わなくては、と思った。

だが焦燥感が喉を詰まらせるうち、従者が手綱を持つ一際大きな黒馬が身軽く近づいてきて、シダエより先に主人の関心を引こうとブルッと鼻息を噴いた。

ルディクは笑って愛馬の首を叩いて鞍をつかみ、拍車を鳴らして背に跨る。

迫力のある黒い巨軀《きょく》に圧倒され無意識に後ずさると、ルディクはそんな妻の様子を見下ろし、安心させようとするためか口元に笑みを刷いた。

「執事頭にもよく頼んであるが、なにかあったらアニスに相談しろ」

「……はい」

「火の取り扱いに注意するように。おまえは冷えやすいから、湯の後はすぐに休め」

「は、はい」

子供を相手にするような言葉に目を丸くすると、ルディクは笑いを唇に残したまま、従者から受け取った手綱を握り直し、前を向いた。

馬首が返され、すぐさま土を蹴って速足で進み出す。

「行ってくる」

「お気をつけて。ルディク様、お気をつけて、どうか――」

「――待って！」

その黒馬の姿が後続の騎馬に埋もれて見えなくなったとき、突然、女の声があたりに響き渡った。

その場にいた全員と同じく視線を向けたシダエの目に、栗色《くりいろ》のほっそりした馬に乗った女が映った。赤い外套の上で長い黒髪を揺らす女は、鞍の上に横座りして手綱を握っている。

胸を張り、背筋を伸ばしてしっかりとひとりで。

「……エヴェリナ様」

シダエのつぶやきが聞こえたのか、エヴェリナはわざわざ手前に馬を寄せてきた。

「わたしも参りますの、シダエ様」

高い位置から見下ろす褐色の目を輝かせ、女は高らかに言った。

「ルディクのことは心配されずに、わたしに任せてくださいね。——では！」

同行する男たちは次々と城を後にしていた。それを追い、エヴェリナは慣れた仕草で馬を進ませる。

赤い外套の背で踊る美しい黒髪がシダエの目に焼きついた。

「あの方は、乗馬もお上手だ」

背後で、だれかがが感嘆の声を漏らすのが聞こえた。

ほんとうに、と相槌《あいづち》を打つ声が続いて、そしてその後に低い笑い声が重なっていく。

シダエの耳の奥で、それらは嘲笑となって渦巻いた。

混然としたそこにポツリと女のまとった赤が混じって、さらに激しく回りはじめる。

——ルディクのことは心配されずに、わたしに任せてくださいね。

——ベッドを温めていたのもわたしですから……。

「……っ」

斬りつけられでもしたように、胸に鋭い痛みが走り、喉がヒクッと引き攣った。

泣きたい。

声を放ってこの苦しみを吐き出してしまいたい……。

だがそれは城の女主人にふさわしくない行動だ。シダエは身体の前で組んだ両手に力を込めてこらえ、出立していく一行を最後まで見送った。

微笑んだ。

赤い薔薇の飾り彫りがされた窓枠に背を向けて立つシダエは、軽やかな笑い声につられて
厚みのある楕円の絨毯を敷いた中央では、使用人の女たち五、六人が黄色の一枚布を広げている。頬を紅潮させて布に触れる彼女たちの様子に、シダエの笑みが深まった。

「ほんとうによろしいのですか、奥方様？」

隣に立つアニスが、ふっくらした頬に手を当ててもうしわけなさそうに言う。

「あの布は、コリス市で作られた高級な品でしょう？」

「いいのよ。もらってくれて嬉しいわ」

シダエは隅に重ねられた櫃を指差した。

「たくさん入っていたの。わたしがドレスを持っていないと思っているのかしら」

アラルーシアの領地に入る旅でもずいぶんと持たされたというのに、数日前、父の名でまたたくさんの荷物が届けられた。

端整な文字でつづられた手紙には、布は余るようなら城の者に配りなさいと助言がしたためられていた。布は領主が与える報酬でも喜ばれるもののひとつで、とくに女ならば、新しい服を仕立てる楽しみもあるだろう、と。

物で釣るようでためらったが、顔を輝かせて布に触れている女たちを見るうち、そんな気持ちも霧散する。父への返事には素直に感謝を記そうと頭の隅に書き込みながら、シダエはアニスに目を戻した。

「後で裁縫室にも行きたいわ。仕立てるのを、できれば手伝いたいの」

「仕立てる作業なんて、どこも変わらないでしょうに。でも奥方様に気にしていただけば、もちろん、みんな喜びますよ」

「そう？　よかった。実は昨日、執事のひとりの、ひげの……」

「フェルスですか」

「そう、フェルスに帳簿を見せてもらったけど、まだよく覚えられなくて」

覚えるどころか、数字で埋まった帳面を思い出しただけで頭痛がしてくる。

「……まず、女たちのする仕事から覚えていくのはどうでしょう、と勧められたわ」

「フェルスなんて」

中年の女は盛大にふんっと鼻を鳴らした。

「だらしのない男ですよ！　ただ親の跡を継いで執事の職を得ただけで、領主様に追い出されるのも時間の問題です。女にいい顔されて騙《だま》される、下半身が頭のような男ですから！」

「まあ」

目を丸くすると、アニスはこほんと咳払いした。

「すみません、奥方様のお耳に入れることではありませんね。……フェルスのことは気にする必要はありませんよ。まだひと月も経っていませんから。少しずつです、焦らないでください」

「そうね、ありがとう」

気遣う言葉に頷いたとき、寝室に続くタペストリーがめくられ、ファナが入ってきた。

「シダエ様、執事からいま、こちらを渡されまして」

左手に握った紙を差し出しながら、ファナはちらりと、今度は布の取り分で揉めそうな気配の女たちを睨んだ。

「それと、女たちを早く仕事に戻せと言《こと》づかっていますよ」

「あら、まあ」

笑いながら応じたのはアニスだった。肉厚の手をパンパンと叩き合わせ、注意を引く。

「さあさ、いただいた布は裁縫室に持っていって、仕事に戻りなさいな！」

はーい、と返事した女たちはシダエに頭を下げ、布を丁寧に丸めて部屋を出ていった。

では後で、と言い残してアニスもいなくなると、シダエは受け取った紙にようやく目を落とした。折りたたまれた紙には、端に赤い封蠟。

「……ルディク様からだわ」

軽く捺《お》されたものは、横を向いた狼だった。急いだのか端が切れ、狼は一部分だけしか確認できない。それでもシダエは辺境伯の紋章を指先で撫でた。

ルディクが出立してから、十日ほどが過ぎていた。難航して延びているようだが、その日数はシダエの気持ちを落ち着かせてくれた。

アラルーシアを束ねる大領主がこれまで結婚していなかったのは、むしろ不自然なことなのだ。女の影があったところで、受け止めなくてはならない。

そう。もし——もし、あの黒髪の女とそういう関係があったのだとしても……。

しかしこうして手紙を手にすると、固めたはずの心にひびが入った。そこからなにか重いものが滲み出し、全身を重くしていく。

シダエはそんな感情を振り切るように封蠟を割り乱暴に開いたが、したためられた数行を読んで、ハッと息を呑んだ。

「どうなさいました？」

「……ルディク様が、お怪我を」

「ええ？」

「わたしに、来てほしいと書いてあるの……！」

「ご本人様からですか？」

言われて、シダエはもう一度、手紙に目を走らせた。文字は所々が太く滲んでいる箇所もあって判別しにくかったが、最後に署名も大きく記されている。

封蠟にも狼の紋章が捺されていた。ルディクは自身の指に嵌めていた印章指輪を使ったのだろう。

「こちらに戻るところ、怪我をしたって書いてあるのよ。……わたしに伝えたいことがあるから来てほしい、迎えを出すって」

「……あの辺境伯が、ですか？」

眉をひそめ、ファナは疑心も露わに聞き返した。

「あの方ならシダエ様のところに這ってでも戻ってきそうですけど」

「ファナ！　なんてことを言うの！　……わたし、すぐに行くわ」

シダエは手紙をキュッと握り、立ち上がってドレスの裾をさばいた。

「ですが、まだ不慣れなシダエ様を呼ぶなど……」

「お怪我で動けないのよ！」

不審を隠さない侍女に、言い返す。前の婚約者とは違うのだとファナもわかっているはずだ。それでもルディクを庇うため、強く言い足した。

「ルディク様が心配なの。とにかく、わたしは行くわ」

「お待ちください、せめて隊長が戻られてからでないと」

ルディクは自分の留守に際し、城の防備を担当する兵士団を残してくれたが、当の隊長を含めた彼らは、今朝から北側の森に出てまだ戻らない。

「待っていられないわ」

「それでも護衛がなければ、奥方が城を離れるなどいけませんよ」

「……そう、だけど……」

食い下がるファナに、シダエの気持ちも揺れた。

「シダエ様、だれかに様子を見に行かせてはどうです？　場所はどこなのですか？」

「……近くみたいなの。ペナの町を下った先の、砦だって書いてあるから……」

「では、向かわせた者もすぐに戻りますよ」

逡巡《しゅんじゅん》が伝わったのか、ファナが提案してきた。

たぶん、ファナの言うことは正しいのだろう。それでも、反対されればされるほど意地にもなる。こうしてルディクが手紙をよこすほどなのだ。

ひどい怪我なのかもしれない。

もし——もし、万が一のことがあったら……？

「……っ」

シダエは手紙を胸に押し当てた。

会いたい。

エヴェリナの残した一言への怒りも、不審も、不安もある。

けれどそれ以上に、ただ会いたかった。心配でたまらない……！

「……お願い、ファナ！　行きたいの！　ここでじっとしていたら、わたし、どうにかなってしまいそう……！」

万が一のことがあっても後悔したくない。それに、逃げて目を逸らし、部屋に引きこもっていた自分とはもう違う。

「城に残っている兵士についてきてもらうわ。それでいいでしょう？」

「……わかりました」

ファナは眉をひそめたまま、シダエの手から手紙を抜き取った。

「兵士の手配をしてきます。それに、わたしももちろん一緒に参りますよ」


フードのついた若草色の外套をまとったシダエが大広間に下りると、アニスから酷評されていた痩身《そうしん》の執事フェルスが待っていた。

「奥方様、迎えだという男たちが来ています」

「ええ、手紙を読んだわ。わたし、行かなくては」

横をすり抜けると、執事は二、三歩の距離をあけてついてくる。

「では城の者たちにはわたしが伝えておきますので、このままお発ちください」

まるで誘導されるように大広間を出たところで、パタパタと足音がしてファナが追いついてきた。

「急いで」

その言葉にファナは無言で頷いて、チラッと執事を横目で見てシダエに並んだ。

外に出ると、城門から続く中庭に、三人の兵士たちが固まって立っていた。ルディクが向かったレジム家の従者なのか、全員、銅色の短い外套をつけている。シダエを見上げてきた顔は、どれも若いものだった。

「報告を受けてわたしの一存でここまで通しましたが、よろしかったですか」

フェルスが男たちを示す目線を追い、シダエは頷いた。

「馬は？」

「奥方様にご乗馬は……」

鼻の下の貧相なひげを揺らし、フェルスが笑った。ムッとして睨みつけると、執事は目を逸らして城門の先を指差した。

「……大変ご苦労ですが、歩いて下りていただきます。そこに馬車を用意しているとのことですから、奥方様は、それで」

シダエは傾斜台を降りて男たちの前に立った。

「アラルーシア辺境伯の妻、シダエ・ディアンです」

男たちは一斉に頭を垂れた。全員、シダエと似た明るい髪色をしている。アラルーシア人は黒髪に黒目が多い。めずらしく思いながら下げられた金髪に目を留めたまま続けた。

「……辺境伯のお怪我は、どの程度のものですか」

「自分たちは聞かされておりません。奥方様をお迎えするようにとだけ命じられています」

「あなたたちだけですか？　辺境伯に同行した城の者はいないのですか？」

ファナが鋭く口をはさんだ。厳しい光を宿した目で男たちをねめつけている。

ひとりが顔を上げ、その視線を受け止めた。

「辺境伯をお守りするために残られました。……こちらの城の兵士のご準備は？」

「もちろん、すぐに――」

「では先に、城門まで下りてもらっても？」

「そうね、わたしが遅くなっては意味がないものね」

兵士より当然、足が遅いのだから、とシダエは自ら先頭に立って歩き出す。

背後でファナが、兵士をすぐに、と厳しい口調で執事のフェルスに言うのが聞こえた。しかしその答えは、シダエの背後についた男たちの腰に佩かれた剣が、ガチャ、と一斉に鳴ってかき消される。

城門をくぐる前に、駆け寄ったファナが横に並んで手を取ってくれた。シダエは空いた手で外套ごとドレスの裾を持ち上げ、慎重に、だが足早に細い坂道を下る。

見張り塔がついた高い壁に見下ろされた曲がりくねる道は、よく踏み固められた黒い土だった。そこを下りきると城門だ。黒塗りの扉は閉じられていたが、脇にある太い鉄柵の小門の前に、ふたりの門兵が槍を掲げて立っていた。

ふたりは驚いた顔でシダエを見つめ、数度またたいて、門の外を見た。

「奥方様が行かれるんですか？」

シダエは威厳を保って背筋を伸ばす。

「ええ、そうよ。通してもらえる？　城の兵士たちもすぐ来てくれるわ」

戸惑う様子の兵士たちの左手に、城門の上に続く細い階段が見えた。確認してきます、とひとりがそこを駆け上るうち、シダエは小門を通り抜けていた。

ペナの町に続く道が見えたとき、彼らがなぜ外に目を走らせたのかわかった。

城門の外側に植えられた柳の木の脇に用意されていたのは、大きな車輪のついた荷車だった。

茶色い馬につながれたそれは、穀物や野菜を城に搬入する際に使用するのがふさわしいような代物だった。その傍らに、別の数頭の馬とともに待っていたのか、銅色の外套を着た兵士がふたり、所在なく立っている。

「……馬車は？」

問いかけながら、シダエはこれで行くのだろうと覚悟を決めた。とてもではないが、ひとりで乗馬などできない。

しかしその答えは返されず、馬のそばにいた兵士のひとりが、無言のままサッと駆け寄ってきた。と同時に、シダエの背後で鋭い金属音が響いた。

「なにを……ッ！」

だれかが叫び、次いで悲鳴のように上擦った声に、鈍い音が重なった。

そしてまた悲鳴――。

「シダエ様！」

隣にいたファナが、女にしては力強いその腕ですばやくシダエをつかみ、引っ張った。

足がついていかずによろけたシダエの目に、外から近づいてくる兵士が映る。

その兵士は銅色の外套の裾をひるがえして腰に佩いた剣を引き抜くと、手の中で柄を握り返し、一気に距離を詰めてきた。

「な……っ」

喉が引き攣り、呻くような声が唇から漏れる。一体なにが——と思ううち、ガツッ、と鈍い音が間近で上がった。

「シダエ様——ウ……ッ！」

ファナがもたれかかってきた。

ファナ？　と声を出したのかもしれない。だがその小さなつぶやきごと押しつぶすように、力の抜けた侍女が倒れ込んできた。

とっさに抱き合うような形で支えたものの、膝から崩れ落ちてしまう。

「急げ！」

ファナの肩越しに、男が立っているのが見えた。迎えに来た若い兵士だった。その手に下げた剣が赤く汚れている。

シダエは目を見開いた——兵士のまとう外套が色濃くなっている。模様のように、赤く。赤く。赤く——彼の顔やその金髪にまで付着し、ポタリと垂れて……。

「ひ……っ」

シダエは上擦った声を上げた。

なにが起こったのか、なぜこんなことになっているのかもわからず、反応しない侍女をがむしゃらに抱き締める。

「ファナ？　ファナ……あ……ッ！」

正面の兵士が剣を手にしたまま、もう片方の手を伸ばしてきた。その革手袋も汚れていた。真新しい血に。

短く叫んで避けると、上腕を外套越しにつかまれた。

容赦のない力だった。

驚愕《きょうがく》と恐怖と痛みと――すべてがドッと押し寄せ、全身が冷たく痺れる。

その硬直した身体を、地面から引き抜くようにして立たされた。反動で、ファナの上半身が倒れていく。一本に編んで長く垂らした彼女の髪が、生き物の尾のようにその肩を滑っていった。

「ファ、ファナ……？」

「行くぞ！」

捕らえられたシダエの脇を、血で汚れた兵士のひとりが駆け抜けていく。

腕をつかむ男が身を屈め、乱暴な動作でシダエを担ぎ上げた。

そのまま踵を返した男の鎖帷子がジャリッと鳴った。身体の内側まで冷えさせるような音だった。

駆けだした男の肩口に腹部を抉られ、シダエは呻いた。

しかし荷のように運ばれたのはわずかな時間で、すぐに放り投げられた。硬いなにかの上に転がされ、全身に言いようのない痛みが走る。

それでもすぐに身をよじりながら上体を起こした。ついた手の下で、ギシッと板が軋む。荷車――と頭の一部で認識する。低い板柵に囲われた荷台だ。

「出せ！　早く！」

兵士のひとりが荷台に乗り込み、またシダエの腕をつかみ上げながら声を放った。荷車を引く馬に跨った兵士が拍車を使い、鋭いいななきとともに馬が駆けだす。

髪が風になぶられ、ひるがえった。その薄布のような金色の向こうで、馬の蹄が立てる土煙が舞い上がる。

「――あなたたちなにを……――ッ！」

腕を締めつける男を肩越しに振り返り、声を張り上げたとき、速度を増しながら坂道を下る車輪が、ガタンッ、と大きく跳ねた。身体が浮き、鋭い痛みとともに腰を打ちつける。

「黙っていろ！」

「きゃ……っ！」

片手で荷台の柵をつかんだ男は、乾いた泥で汚れた板にシダエを押しつけた。

横倒しにされ、あまりの痛みに呻く。ごくりと飲んだ唾は、恐怖で苦い味がした。

また激しく荷台が跳ねた。

衝撃でぶつけた頬に鋭い痛みが走り、シダエはギュッと目を閉じた。その瞼裏《まなうら》に、いつかの夜にルディクとともに見た、城の執務室の地図が浮かんだ――そう、道は三叉《さんさ》に分かれていた。まっすぐに行けばペナの町。

右は、左は……？

「……っ！」

激しく軋んで、荷台が揺れる。押さえつけてくる手の主がなにか悪態をついた。その低い声が、脳裏に浮かべた地図をインクのように黒く塗りつぶしていく。

思い出せない。考えられない。――怖い。怖い！

「莫迦《ばか》な……ッ！」

車輪と荷台が軋む音で占められていたシダエの耳を、そのとき、天を呪《のろ》うような低い呻き声が貫いた。

「右だ！　曲がれ……！」

シダエを押さえる男が怒声を張る。

途端、馬の苦しげないななきとともに、荷車が大きく傾いた。

シダエは上になった男ごと転げ、柵に激しくぶつかった。しかし荷車は傾いたまま片輪で走り続け、全身を引っ張られる感覚が強くなる。

押しつぶされて息さえできず、そして何が起こっているのかもわからないうち、宙に放り出されていた。

「……は……ッ……」

一瞬後に衝撃に見舞われ、激痛が走る。

シダエは身を縮め、空気を求めて喘いだ。

痛い。苦しい……！

なにが起きたの？　痛い、痛い……！　ファナは？　無事？　怖い、痛い……！

混濁した意識が薄れかけたとき――。

「――シダエ！」

間延びした重い音を裂いて、ひとつの声が明瞭《めいりよう》に響き渡った。

消えそうな意識を指で土を掻きながらつなぎ止め、瞼をこじ開ける。

真横になった視界はかすんでいたが、横転し車輪の外れた荷車が確認できた。次いで、馬が……そして影絵のように動くいくつもの姿が。

その中を、ひとりの男が駆けてくる。

「シダエ……ッ！」

男は黒髪がほどけて乱れ、胴着の脇腹が大きく裂けていた。剣を手にしているが、だれのものなのか、その柄を握る手ごと赤く汚れている……。

――ルディク様、ルディク様……！

声にならない声を吐息とともに漏らし、シダエは土を掻いた手を伸ばした。

意識はそこで途切れた。

＊＊＊

地図を描いた天板を叩くように両手をつき、ルディクは奥歯を噛み締めた。

濃厚な鉄の匂いが、執務室に広がっていく。頭の片隅で、着替えなければ、と唸り声が警告してきた。そう、治療もしなければならないと。

外套を裂いて布帯のように脇に巻きつけていたが、その下でまだ出血している。

ルディクは上体ごと腕を上げ、両の手のひらを見つめた。乾いて黒ずんだ血がこびりついている。

アニスが叫んで、寝室から自分を追い出したのも仕方ないことだと思った。

だが――。

「……くそ！」

身体を綺麗にして治療して着替えて――そうでなければ寝室には入れられないと、アニスばかりでなく慌てて駆けつけた医師や薬師たちにも言われた。後頭部を打たれ、まだ足元がふらついていた侍女のファナにさえも。

そうしなければ奥方様もゆっくり休めません、と。

「シダエ……」

意識を失ったままの妻の青白い顔を思い浮かべると、巨大な手で握りつぶされるように心臓が痛んだ。

――連れていけばよかったのだろうか？

後悔は、十日ほど前にこの城を出立したときからあった。そのときは単純に離れることが寂しかったからだ。

だがいま、そこに様々な感情が混ざって全身を蝕《むしば》み、脇腹の痛みとともにルディクを容赦なく責める。

ソロン州から逃れてきた騎士たちを匿った真意を問うため、オフェン砦を預かるレジム家に赴いたのは間違いではなかった。辺境伯を継いだ直後の騒乱のせいもあって、ルディクは自ら先頭に立って戦い、守り、自身の目で確かめて公正な裁きを下す領主であろうと努めている。

それでも――そのことでシダエを守れなかったなら、夫として恥ずべきことだ。これまでなにより大事な務めだと、そして誇りにもしてきたものでさえ無意味に思えてくる。

「……っ」

大きく息を吐き出したルディクは、立ち尽くしたまま、描かれた地図に目を走らせた。アラルーシア城から主街道を下り、いくつかの町を抜け――オフェン砦で止める。

結局、その砦にいたソロンの騎士は、遠戚の細い伝手《つて》を頼りに逃げてきたという老いた男とその妻子だけだった。戻るのが遅くなったのは、同じようにソロンからきた騎士たちが、アラルーシアの領地に入ってからはぐれたと証言したからだ。

なぜ放っておいたとレジム家の当主を責めれば、知らなかったと言い張る。

この当主はクスターの亡き妻の甥で、一時期、従騎士としてアラルーシア城にもいたが、ルディクの記憶の中で頼りない男に分類されていた。

当主は行方《ゆくえ》をくらませたソロンの騎士を捜索すべきだと主張し、厚顔にも助力を求めてきた。

そして二、三日で、ソロンの騎士がひとり発見された。それを尋問したが、どうにも要領を得ない。ぐずぐずと時間だけが過ぎた。

ルディクはついにクスターを残し、後処理を命じて帰還した。

その道中、ルディク自身が子飼いとして使っている男から報告を受けた。

——ソロンの騎士は残り三人。レジム家の従者に姿を変えアラルーシア城に向かっています、と。

なにを狙《ねら》って、と思うこともなかった。城にはシダエがいる。ルディクはゾッとするほどの焦燥と不安に全身を焼かれながら馬を駆り立てた。

そして城が遠目に見えたとき、愕然とした。見張り台から上がる狼煙《のろし》は、火急を知らせ赤く色づいていた。

そしてほどなく、城門から下る道の先で不審な一団と出くわした。奴らは慌てて進路を変えようとしたが、一台の荷馬車が回り切れず傾き、そこから金髪の女が投げ出された。

シダエだった。

思い出すだけで、全身が冷えていく――妻は横転し、土の上で動かなくなり……。

その姿が目の端に映ったとき、向かってきたソロンの騎士の一閃《いっせん》を避けきれず、脇腹を斬られて落馬した。しかし、さらに襲いかかってきた騎士を怒りのままに斬り伏せると、自身の怪我も顧みず駆け寄った。

シダエは意識を失っていたが、ひどい出血も、骨折をしている様子もなかった。慎重に抱えて城に戻れば、アニスや城の女たちが取り乱すこともなくシダエを受け取り――そして寝室を追い出されたのだ。ご領主様も手当を、と。

「……っ」

また高位の貴族らしからぬ悪態をついたルディクは、ついに四肢の重さに負け、椅子に浅く腰を下ろした。

全身が、とくに脇腹がひどく痛んでいる。それを他人事のように感じながら、意識は隣室で手当てを受けている妻に向く。

シダエは王家に連なる公女だ。唾棄《だき》すべき噂のせいで二年間、館から出ることもできなかったほど繊細なのだ。どれほど恐ろしかっただろう……。

「……」

広げて伸ばした腿の上に置いた手が、かすかにふるえているのに気づいた。

汚れたままの指先を握り込むと、石のように冷たい。

ああ、そうか、とルディクは自嘲した。――恐ろしかったのは俺だ。

自分の判断の甘さからシダエを危機に晒し、失いかけた。そのことに、これほどまでに恐怖しているのだ。

「……ご領主」

開いたままだった扉から入り込んだ影に、そっと声をかけられた。

のろのろと顔を上げたルディクの前に、丸帽子を被った男が立っていた。長身だがひどく痩せていて、丸帽子と同じ暗褐色の胴着がだぶついている。

頬骨が目立つ顔を歪め、男は小さな声で言った。

「手当をしなければなりません」

「わかっている。……シダエは？」

「大きなお怪我はないようですし、頭を打たれた様子もないので、すぐ気がつかれるでしょう。どうか、ご自身も」

通路には医師や薬師、手伝いなのか従者の姿がある。しかしルディクは軽く片手を上げ、仕草で扉を閉めさせた。

「……ケイヴ、報告しろ」

痩せた男は慎重に頭を下げ、ルディクにだけ聞こえる声でささやいた。

「捕らえた男のひとりは生かし、地下牢《ちかろう》に。自死を警戒し見張らせております」

「話を聞き出したか」

「髪の色や顔立ちから、ソロンの出であるのはたしかです。奥方様を狙った理由と、オフェン砦の兵士服をどう手に入れたのかは、まだです。数日、お待ちいただけましたら吐かせますので」

表情を変えないケイヴの青白い顔を見上げ、ルディクは頷いた。

目の前の男は執事のひとりだが、ウルディオ家の最も忠実な家臣として、祖父が教育し残してくれた男だった。城代で伯父でもあるクスターさえ知らない、ウルディオ家の牙のひとつだ。

「それと……」

ケイヴはさらに声をひそめた。

「……レジム家のご当主が毒を飼われたと、報告が」

「なに？」

「お命は取りとめたようです。……もうひとつ、エヴェリナ様がこちらに向かわれています」

眉根を寄せ、ルディクは不振を露にした。

そもそも今回の件でエヴェリナが同行したことは、ルディクの知るところではなかった。それでも、レジム家と関わりがあるから連れていくと伯父にも言われれば身勝手さに目をつぶるしかなく、いっそそのままレジム家に押しつけてくればいい、とも思っていた。

エヴェリナはレジム家の当主と従姉妹の間柄だ。エヴェリナが自身の亡き母から相続した土地を分散させないためにも、当主との婚姻を望まれていたはずだった。

それにあの男は、昔からエヴェリナの尻を追い回していた。

レジム家当主の頼りない顔が、頭の片隅で瞬く。

「ケイヴ、どう見る？」

問うと、痩せぎすの執事はゆっくりと身体を離しながら首を傾げた。

「まだ、なにも。引き続き、ソロンの騎士らとの関係ごと探らせます。証拠も。私見はその後にいたしましょう。それで、エヴェリナ様はどうしますか」

「……伯父上はどうした？」

「レジム家の後始末に奔走していますが、こちらも引き続き探らせ、報告も随時」

「わかった。……エヴェリナはここに通せ」

「かしこまりました。とりあえず、いまは治療を受けてください。出血のせいでお顔の色がひどい」

「おまえに言われたくないな」

こんなときなのに、ルディクは苦笑していた。ケイヴの痩せた顔はいつも青白く、精彩がない。

若い執事は主人の軽口を無視し、踵を返して慌ただしく医師を呼んだ。

目を覚ましたシダエは、鼻を突き刺す匂いに、次いでズキリと走った全身の痛みで顔を歪めた。

「シダエ様！」

かすんだ視界に、ファナの顔が入り込んでくる。

崩れ落ちていった姿が脳裏を過ぎった。友人でもある侍女を失わなかった安堵が遅れて押し寄せ、目が潤む。

「無事で、よかった……」

痛みを押して手を伸ばすと、ファナは両手で包んで頷いた。

「あの程度……！　わたしの父の拳骨《げんこつ》のほうが痛かったですよ！」

「まあ……」

涙をこぼしながらも笑うと、胸の骨がギシと軋んだ。

思わず喘ぐと、ファナは慌てて手を離す。

「落ち着いてお休みください、シダエ様。もう安全ですから」

息をついて痛みを逃がし、シダエは身体を起こそうと、ファナの手を追いかけて握る。

「……起こして」

「ですが」

「平気よ、お願い。……お願い、ルディク様のところに連れていって」

「辺境伯には後で来ていただきますから。いま、治療中ですし」

「治療？　ルディク様が、お怪我を……!?」

聞き返しながら、思い出した光景に息を呑む。薄れていく意識の中で目にしたルディクは、脇腹を斬られ血で汚れていた。

「お願い、ファナ！　わたし、……わたし、すぐに会いたいの」

「シダエ様……」

握ってくる主人のふるえる手を振り払えなかったのか、ファナは結局、言われるままにシダエを起こし、ベッドから出ようとする動きを助けてくれた。

肌着一枚だったので、お待ちくださいと止め、跳ねるようにしてファナは内部屋に向かった。その足取りはしっかりとしている。

よかった、と安堵しながらシダエは室内を見回した。

窓からは少し赤みの混じった日射しが伸び、壁を照らしている。

アニスや城の女たちはどうしたのだろうと思ううち、腕に柔らかそうな白いドレスを抱えてファナが戻ってきた。

ゆったりとしたそのドレスを、慎重に頭から被せられ袖を通す。室内履きを履かせ、裾を直したファナが膝をついたまま、脇の紐を結んでくれた。

「痛くないですか？　大きなお怪我はないと診断されたのですけど……」

言いながら見上げてくる目を潤ませ、ファナは鼻をすする。

「……お可哀想に。どんなに恐ろしかったでしょう、もうしわけありません。情けないことです、わたしは……、大公様にも娘を頼むとよくよく言われておりましたのに」

「ファナ……」

「お顔の傷が残らないといいのですが……」

ツンと鼻を刺す匂いの元は、頰に塗られた膏薬《こうやく》だった。触りかけたシダエの手をすばやく止めたファナは、そのまま握って支え、ゆっくりと歩かせる。

我慢できないほどではないが、やはり身体は痛い。

だが一歩一歩、必死で足を動かした。

攫《さら》われ、乱暴に扱われ、荷馬車から投げ出され——味わったことのない恐怖がベタリと全身に貼りついて離れない。

自分を攫おうとした男たちの正体も目的もわからないが、辺境伯夫人だと知った上での行動だろうと予想はできた。

届けられた手紙自体が罠《わな》だったのかもしれない。確認もせず軽率に飛び出した自分がひどく情けなく、謝りたかった。

迷惑をかけ、怪我を負わせてもうしわけないと。

だがそれ以上に、ただ会いたい。顔が見たい。声が聞きたい。

怪我はどうなのだろう？

もうだいじょうぶだと言って、あの大きな乾いた手で触れてほしい……。

「——早く布をもっと持ってきて！」

寝室の扉を開けた途端、女の声が狭い通路を駆け抜けるように響いた。

シダエは唇を引き結んだ。エヴェリナの声……。

「どうしますか？　後にしたほうが」

「……いいえ、行くわ」

気にすることはない、と自分に言い聞かせる。わたしは彼の妻なのだから。

狼の紋章を描いた執務室の扉は開いていて、声と物音とが漏れ聞こえた。

中を見ると、中央にあった大きなテーブルが椅子とともに隅に避けられ、空いたところに数人が固まっていた。暗褐色の丸帽子と胴着をつけた男は執事のひとりで、その隣で医師たちがしゃがんでいる。

背を向けた彼らにはさまれ、ルディクがいた。白い傷痕の目立つたくましい上半身を晒して椅子を跨いで座り、背もたれに両手を回して頭を下げている。

治療道具のほかに、血で汚れた衣服や布きれ、裂けた鎖帷子が足元に散らばっていた。

傷を縫っているのか、脇腹で医師が手を動かすたび押し殺した低い声があがり、伏せたルディクの背中の筋肉が引き攣る。

シダエの足が竦んだ。

「まあ、奥方様！」

背の高い執事の影にいたアニスが、ヒョイと頭を傾け、驚いた顔を見せた。

「なんてことでしょう、起きてこられるなんて！」

「……シダエ？」

呻く声とともに、ルディクが肩越しに振り返ろうと身じろいだ。

途端、鋭い声が上がる。

「だめよ、ルディク！　動いては！」

ルディクの手がつかむ椅子の背もたれをはさんで座り込んでいたエヴェリナは、シダエを一瞥し、眉をひそめた。

「シダエ様……」

その声には非難が含まれていた。起き出してきたことにか、ここにいることにか――どちらにしてもふいに強い後悔にとらわれたとき、処置を終えた医師が立ち上がった。

「終わりました」

医師が離れると、その背中で隠れていたルディクの患部が目に飛び込んできた。

「……っ！」

スッと血の気が引いて、足から力が抜ける。

慌ててファナが支えてくれたものの、視線がルディクの傷から離れない。治療中にも出血があったのだろう、そこはまだ鮮やかな赤い色で汚れていた。

あんなにひどいお怪我を……、と罪悪感で胸がつぶれる。

「――お可哀想に、シダエ様」

そう言いながら、エヴェリナが立ち上がった。身ごろのぴったりしたドレスはこれも赤く、普段ならば美しい色だと思うだけなのに、シダエはゾッとする。

「王城で育った御方には、耐えられませんよね？」

「……黙っていろ、エヴェリナ」

怒気を滲ませた鋭い声音で従姉妹を制したルディクは、血を拭い、薬を塗布しようとする医師をうろたえさせながらも、首をねじって振り返った。

乱れたままの黒髪に縁どられた顔は、傷を縫合した激痛に色を失っていた。

「すまなかった、シダエ。怖い思いをさせた」

「そんな……」

うまく答えらず、自分でも情けなくなるほどふるえたまま、ファナの手にすがりついて視線を伏せる。

もうしわけなさで、顔を上げられない。

肩を滑って揺れる金色の髪の先を見つめていると、ルディクは穏やかな声で続けた。

「寝室に戻って、身体を休めてほしい。……ファナ、そばを離れずに見てやってくれ。アニスも頼む」

「女同士ですもの、わたしもシダエ様についているわ」

口をはさんだエヴェリナは、椅子を避けてサッと歩きだした。ドレスの裾をつまむ手を叩くようにして、ルディクがそれを止める。

「おまえはここにいろ」

「まあ……、ええ、もちろんよ！」

ふわりと黒髪を揺らし、エヴェリナは笑んだままの顔をシダエに向けた。

「そういうわけですので、シダエ様は安心してお休みくださいね」

「……っ」

喉の奥で呼気が奇妙な音を立てた。

それでもなにか言おうと唇を開いたが、言葉を発することはできなかった。

唇を嚙み締め、そうよね、と心の中で納得する。みっともなくうろたえるようなわたしがいても、なんの役にも立たないもの。

シダエはみじめな思いを引きずり、部屋を後にした。

七章

打撲《だぼく》の痕はひどく腫《は》れて熱を持ち、ズキズキと間断なく痛み続けた。

それでも二、三日後に腫れは引いたが、青紫の痕が肌のあちこちに残り、食欲もなく起き上がれなかった。

つきっきりで看病に当たってくれているファナやアニスにもうしわけなさを感じながらも、シダエはベッドに横になったまま、天蓋の精緻な木彫りをぼんやりと見つめて日々を過ごしていた。

ルディクも発熱したと耳にしたが、黒狼と呼ばれ全身に傷痕がある夫は慣れているのか、体力の違いもあって翌日には動きだしていたようだ。

けれど、シダエはその姿を目にしていない。

もともと昼は隣の執務室にいることはあっても寝室には顔を出さなかったが、こんな状況でも夫は一度も様子を見に来ることもなく、どこで休んでいるのか、夜になっても現れなかった。

「お食事をお持ちしますね」

清拭《せいしき》に使った布と桶をまとめて抱え、ファナは足早に寝室を出ていく。

丸襟のゆったりした寝間着に着替えたシダエは、上掛けを引いて横になった。

朝の遅い時間だ。鎧戸の開けられた窓からは、差し込む日射しとともに、城の者たちが立てる声や物音が聞こえてくる。

その中には、いつまでも寝込んでいる奥方を嘲る声もあるかもしれない。

そんなことを気にする自分が情けなくて、ひとつに編んだ金髪の位置を直し、シダエはため息をついて寝返りを打った。

途端、目に飛び込んできた赤にハッとする。

いくつもの、赤。

枕辺の小卓には、水差しやコップに混じって薔薇が飾られていた。

王城に飾られていたものより香りが強く、花弁も葉の色も濃い。

数は五本。寝込んでからの日数と同じだった。

朝、気づくと一本ずつ増えていた。

そのわけをファナやアニスに訊いても、綺麗ですね、と言葉を濁して教えてくれない。夜も傍らで休んでくれている彼女らなら、絶対に知っているはずなのに……。

「……ルディク様」

贈り主は夫だろうと――信じたいだけかもしれないが、そう感じていた。

捧げる薔薇につけられた色の意味など、コリス市の人間、特に王城に集うような一部の者しか知らないことだろう。そもそも王女たちに捧げることからはじまったのだから、敬愛や忠誠など、そんな意味を持たせたのはここ数年のことなのだ。

もしこのアラルーシアでもなにか意味があるのだとしても、香りや色形が異なるように、同じとは限らない。

だが薔薇の赤い色は、シダエの胸をひどくざわつかせた。

――どういうおつもりで贈ってきているのかしら……。

王城での意味を知っているのか、たんに目についた花だからなのか。

五年前の催事のことも――あのときも意味を知っていて贈ったわけではないのだろうが、それでも意地を張っていないで訊けばよかった。

これまでのことも、全部。逃げて自分の殻に閉じこもるのではなく、向き合ってちゃんと本人に訊いて、その口から真実を知りたい。

身体の奥からじわじわと、力強くなにかが燃え上がってきた。

悲劇の主人公のようなみじめさは、肌に残る打撲痕のようにまだ心に貼りついている。

だが思ったより身体は回復していたのだろう。

心も、同様に。

――そうよ、なぜ遠慮しなくてはならないの？　とシダエは思った。

わたしはアラルーシア辺境伯夫人。夫の愛人に頭を下げる必要などないし、問いただす権利だってあるはずよ……！

「……シダエ様？」

いつのまに戻ってきたのか、木の盆を手にしたファナが立っていた。

「お顔をしかめて、どうなさいました？　まだおつらいですか？　でも食べないとダメですよ。食べて、お力にしませんと」

そう気遣いながら、棚の脇に置いてある丸椅子に木の盆を置く。

カチャ、とかすかな音につられて目をやると、そこには湯気を立てるスープ皿や白パン、消化しやすいようにと細かく刻んで茹《ゆ》でた野菜や卵などが用意されていた。

「そんなに……」

食べられないわ、と続けようとした言葉を呑んで、シダエは身体を起こす。

「……全部、食べるわ！」

ファナは顔を輝かせた。シダエが起きるのにすぐに手を貸し、食事を乗せたままの丸椅子を持ってくる。

「さあ、どうぞ！」

スープには、煮込まれた穀物と鶏肉《とりにく》らしいものが入っていた。象牙《ぞうげ》製のひんやりと重い匙《さじ》を持たされたシダエは、ゆっくりと、しかし手を休めることなく口に運ぶ。

その様子を嬉しそうに見つめていたファナは、ふいに目をぐるっと動かして天井を見た。

「……そういえばシダエ様、こちらは辺境伯様にお渡しするべきでしょうね？」

「え？　なにを？」

「これですよ」

薔薇を置いてある棚のごく小さな抽斗を開けたファナは、手巾《しゆきん》が詰まるそこから一枚の紙きれを取り出した。

紙についた血のように赤い封蠟の跡に目を留め、シダエはハッとする。

「あの手紙ね？　……偽物の」

怪我を負ったルディクからの――ルディクからのものだと思い込んでしまった手紙だった。

あの後の騒ぎと照らし合わせれば、偽書であるなど明確なことだ。

それに、封蠟に捺された紋章は似たものが他家にもある。ウルディオ家と近い血筋は、大抵、そうだった。狼というだけでよく確認しなかった自分が、あまりにも愚かだったのだ。

「焦っていたとしても、恥ずかしいわ」

自嘲しながら手紙を受け取ると、ファナは慰めるように首を横に振った。

「仕方ありませんよ。わたしだって、もっと強くお諫めするべきでした。これから気をつけましょう」

「ええ、そうね。ほんとうね」

「それでですね、シダエ様。執事に事情を問われたとき――ああ、フェルスの奴ではありませんよ、痩せた執事で……、これを渡せと言われましたが、お伺いしてからと思いまして。ええ、その執事が気に入らなかったわけではないですよ？　ただ、やはりわたしの主人はシダエ様ですからね。捨てて燃やしたと答えしてしまったのです。どうしましょう？」

手紙は、証拠にもなるだろう。シダエやファナにはうまく使えなくても、ルディクは必要としているかもしれない。

五日間も放置してしまったことをもうしわけなく思いながらも、口実ができたことにシダエは目を細めた。

「では、午後にわたしが直接、届けるわ。食べたら身支度するから、手伝ってくれる?」

主人の前向きな言葉にファナは喜色を浮かべ、大きく頷いた。


「奥方様を狙ったのは、交渉をするための人質としてではなかったようです」

暗褐色の丸帽子の下の痩せた顔に沈痛なものを浮かべ、ケヴンが報告する。

寝室側の壁に置いた机の縁を指先で弾き、その音が執務室の空気に溶けるのを待ってから、ルディクは身体ごと振り返った。

縫合するほどの傷を負ったが、黒い胴着をまとった立ち姿は平素と変わらない。だが、昼にはめずらしくほどいたままの黒髪をかき上げて表した顔は精彩がなく、油断なくきらめいていた緑色の目もどこか濁っている。

「……復讐か」

ケヴンはため息をつき、頷いた。

「彼らはファーゲン王を狙うべきでしたが……、まあ、追い立てられたこともありますし、うちの勇名が仇《あだ》になりました」

容赦のないアラルーシア騎士の姿は彼らの憎悪を集めるに足りただろう。武力で事を鎮めれば、握りつぶした指の隙間から漏れ出たものが跳ね返ってくるものだ。

「だが復讐ならもっと別の方法もあっただろうに、なぜシダエをわざわざ……」

つぶやきながら、頭の中で答えは出ていた。

――弱いところを攻めたのだ。そうするよう、踊らされたのだ。

そして、そんなことでシダエを危機に晒した……。

「あー……、ご領主」

主人の顔色や表情を伺いながら、ケヴンは咳払いして注意を引く。

「エヴェリナ様はどうしますか」

ルディクの緑色の目に、氷のような冷たさが宿った。

エヴェリナは客室に押し込め、終日、監視させている。事が露見したいま、あの従姉妹はなにをするかわからない。弱っているシダエのそばに、けして近づけさせたくはなかった。

「知らないと言い張っていたが……、証拠が揃えば処断する」

言葉に混じる苛烈さに、執事であり、ルディクの牙のひとつである男は目を伏せた。

「……捕らえているソロンの男まで毒殺されるとは」

「レジム家の当主の件とも結びつくな。伯父上はどんな顔で戻ってくるか。気の毒に」

「毒の種類も特定させていますから、証拠のひとつになるでしょう」

「フェルスは守れよ。毒を盛ったのは奴だろう。貴重な証人にもなる。……あいつの父親に頼まれて執事の職も与えたが、役に立たないどころか害悪だったな。だが、証言させるまでは生かせ」

「もちろんです。あの莫迦まで毒殺されてはかないません」

執事としては格上に当たる男を莫迦呼ばわりしたケヴンは、しかし肩を落とした。

「ですが……、決め手としてはもうひとつふたつ、欲しいところです」

「わかっている。いざとなれば従姉妹であれ、伯父上がどう庇おうと吐かせる」

ケヴンは痩せた顔を歪めた。吐かせる、という言葉の意味を誰より理解しているからだ。

執務室に、沈黙が落ちた。その静けさの中、シダエはどうしているだろう、と胸を締めつける痛みに耐え兼ね、ルディクは視線を壁に向けた。

妻は隣室にいる。厚みのある石壁に阻まれ、当然だが姿を覗き見ることも、どんなに耳を押し当てても声が漏れ聞こえることもない。

それでもルディクは壁を凝視し、耳を澄ませた。

少しでも聞こえないだろうか？　食事も今日はすべて食べたというし、元気になったら、きっと……。

「ルディク様、いまよろしいですか？」

――聞こえた。間違いなくシダエの声だった。耳にしたくてたまらなかった妻の声だ。

「ルディク様？　シダエです」

わかっている、と胸中で答えながら、ルディクは一瞬、混乱した。その声は、執務室の扉向こうからだ。コツコツと扉を叩く音もする。

だが、妻は寝室にいるはずなのに。

恐ろしい、つらい目にあって。怖く、痛い思いをさせて。

——俺に会いにくるわけがない……。

返事がないことに焦れたのか、扉を叩く音が大きくなる。動かない主人を見かねたのか、ケヴンがため息をついて扉に向かった。

「どうぞ、奥方様」

侍女を引き連れたシダエは、金色の髪をひとつに編んで結い上げ、明るい黄色地のドレスを着ていた。だが頬がやつれ、まだ顔色が悪い。ルディクの胸が軋んだ。見えるところに痕はないようだった。顔も——ああ、元の通り綺麗だ……。

安堵して視線を合わせ、驚く。金色の睫毛に縁どられた青灰色の目には、案じていたような弱々しさはなかった。それどころか夏の空のように輝いている。

「お忙しいところをもうしわけありません。お身体の具合はどうですか？」

「ああ……、だいじょうぶだ。それより、おまえは、おまえこそ……」

吸い寄せられるように白い首筋と、スズランの刺繍されたドレスの胸元に走らせた目を外し、ルディクは自制を取り戻す。

「……具合は、いいのか」

「ご心配おかけしました。実は、これをお渡ししたくて」

シダエは一枚の紙を差し出した。

ケヴンが「失礼」と断ってその手から受け取り、運んでくる。

平気な顔で妻に近づいたケヴンを睨み、ルディクは手荒に紙をつかんで目を落とした。見た瞬間、表情が険しくなる。

「これは……」

「もうしわけありません、ルディク様。なくしたと思っていたようなのです、わたしが持っていて……」

シダエの背後で、ファナが頭を下げている。ルディクは謝罪をあっさり受け入れて頷き、手紙をケヴンに突きつけた。

「証拠だ。うまく使えるな？　見ろ、封蠟の跡を。レジム家の狼だ。鼻面が……ケヴン？」

忠実な部下は聞いていなかった。虚《うつ》ろな目をして、シダエの背後で澄ました顔をしているファナを見ている。

「……わたしには、燃やしたって言ったのに」

「ケヴン？」

「あ、いえ。少なからず傷ついた自分に驚いただけです。お渡しいただいてほんとうに感謝します、奥方様。……と、ファナさん」

執事の視線とともにシダエは侍女を振り返ったが、すぐに顔を戻しにっこりと笑った。

「それと、お話があるのですが、ルディク様」

渇いた者が水を求めるようにその微笑みから目を離せず、ルディクは身体の両脇につけた拳をグッと握り込んだ。骨を軋ませ、強く。

「いや、後にしよう。もう休んだほうがいい」

気づくと、そう口にしていた。

「……これから少し城が騒がしくなる。部屋にいてくれ」

「わたしはルディク様とお話がしたいのです。いま」

すばやく言い返されて、ルディクは耳を疑った。妻は笑みを消し、青灰色の目に力を込めてじっと見つめている。

「シダエ……」

恐ろしい思いをさせ、怪我までさせた。五年前に傷つけたことまで頭を過ぎり、胸の奥が後悔でひどく軋む。——俺はなぜすぐにあのときのことを謝らなかったんだ？

彼女は怒っている。怒っているはずだ。

ルディクは目を逸らした。

「……後にしてくれ、頼む。いまは、なにも聞きたくない」


部屋に入ると、一人掛けの椅子に座っていたエヴェリナは一瞬、表情を作り損ねたような奇妙な顔をした。

本人ももうわかっているのだろう、とルディクはかすかな憐憫《れんびん》を交えて思った。ここまで愚かな行動をしなければ、どこかに嫁ぎ、幸せになったはずなのに……。

「ルディク……」

エヴェリナはゆっくりと立ち上がった。その拍子に赤いドレスの膝から、バサ、と音を立てて紙束が落ちて床に広がる。

「なんだ？」

問うと、エヴェリナは髪を耳にかけながら、目を伏せた。

「貯蔵庫の記録を確認していたの。仕入れの指示もあるし……」

それはおまえの仕事じゃない、と言いかけて、ルディクは口を引き結ぶ。

クスターもそうだったが、この従姉妹は数字に明るかった。帳簿を抱える執事たちと懇意にし、よく相談されたりしていた。使用人頭のアニスや女たちの評判はよくなかったものの、それを歯牙にも欠けず、そのうちに女主人のように振る舞いだしたのだ。

伯父のクスターもエヴェリナ自身も、自分との結婚を望んでいたのは承知していた。

ほかの家臣にも進言されたこともある。

もちろん従姉妹なのだから、幼い頃から知っていた。クスターが城代になってからは頻々《ひんぴん》に顔も合わせていた。美しい女だとは思う。だが、それ以上の感情はついに芽吹かなかった。

心を揺さぶられ、欲しいと思った女はひとりだけだ。

壁に添って湾曲した狭い通路には、数人の兵士とケヴンが待機している。彼らによく聞こえるように扉を開けたまま、ルディクは一歩、踏み出した。

「フェルスがすべて吐いた」

「……そう」

「報告に混ぜた密告も、シダエに渡った手紙の件も。ソロンの奴らの手引きもな。とらえた騎士に毒を盛ったのもそうか」

「あら、それは吐かなかったの？」

床に散らばった紙束をドレスの裾越しに蹴って、エヴェリナは笑った。

「あの男、莫迦だわ。何度かいい顔をしたら、わたしの言うことをなんでも聞くのよ」

「……レジム家の当主にも同じことをしたのか」

「あの人は勝手に毒を呑んだの。わたしと結婚できないなら死ぬんですって。じゃあ、そうしたらって言ったのよ。──莫迦みたい！　あの人も狼じゃないわね」

「ソロンの騎士たちを焚《た》きつけたのは？」

「ああ、簡単よ。レジム家はソロンと縁続きの者が多いの。逃げてきた騎士はたくさんいたわ。もう知っているわよね？　攻めてきた敵の土地に逃げて、匿われて、牙を抜かれて……情けないって笑ったら、あっさりと動いたの。……ソロンの騎士って莫迦だわ！」

莫迦だわ、莫迦だわ、と繰り返してエヴェリナは笑い、紙束を蹴り続けた。赤いドレスの足元で、細かくなにかを書き込んだ紙が乱れてひるがえる。

自暴自棄になっているのか、その姿には追い詰められた狂気を感じさせた。

「エヴェリナ」

咎める代わりに名を呼ぶと、従姉妹は笑いを収め、鋭い視線を向けてきた。

「あなたがいけないのよ、ルディク。わたしをそばに置いてくれたら……、妻を迎えてもわたしを愛してくれたら！　そうよ、少しでも見てくれたらこんなことはしなかったわ！」

「何度も、ここを離れろと言ったはずだ」

「ええ、ええ、そうね。そう言われたわ。――そう言われたからよ！」

「……」

「嫌だったの！　たとえ王女でも……公女でも！　政略で迎える妻に愛なんて持たないでしょう？　だからあなたを手に入れられると思ったの。なのに……」

エヴェリナは赤い唇を歪めた。

「――あんな女、さっさと毒でも飲ませておけばよかったわ」

その言葉で、ルディクの中から従姉妹に対するすべての感情が失せた。

「ケヴン、エヴェリナを外へ」

痩せた執事が背後の兵士らに指示すると、彼らはエヴェリナを両脇から抱えるようにして連れ出していった。

中庭に出ると、午後の忙しい時間帯にもかかわらず、あちこちから興味を隠さず覗く顔が見えた。だれもが遠巻きにし、エヴェリナを擁護する声はない。

歩廊をつけた城壁の角にある兵舎塔に進みだしたとき、城門に甲高く馬のいななきが上がった。馬の背から転げるように降りてきたのは、クスターだった。

「……待て、待ってくれ！」

クスターは、暖炉に溜まった灰のような顔色をしていた。髪と同様にひげも汚れ、充血した目を異様に光らせたまま、ルディクの正面に立つ。

「違う！　娘じゃない、俺だ！　俺のせいだ！」

「お父様」

兵士にしっかりと捕われたまま、エヴェリナは顔を歪めた。クスターはそちらには目を向けず、ギラつく目を甥に据えて動かさなかった。

「……これに、おまえの妻になるよう言い聞かせて育てた。俺の娘は狼だから、狼を夫にしてやると、俺は」

「お父様、やめて！」

おとなしくしていたエヴェリナが身をよじり、甲走った声を上げる。

「もうそんなの、どうでもいいの！　もういいのよ！」

頑強な兵士の手が外れることはなかったが、それでもエヴェリナは暴れ、やがて、ルディク！　と叫んだ。

「どうしてわたしを見てくれなかったの……!!」

八章

鎧戸を開けると、赤と金の筋を帯びたうっすらと明るい空が見えた。

夜通しの見張りは別として、城はまだ眠っている。

しかしシダエは寝間着ではなく、青いドレスに着替えていた。髪もそのまま垂らしている。

夜明けの澄んだ空気が、窓枠に置いた手を冷やす。

シダエは指を握り込み、鎧戸を開けたまま、ドレスの裾をさばいて背を向けた。

手前に敷いた絨毯の上に立ち、暖炉を見下ろす。身をくねらせるように揺れる炎に、ふと、エヴェリナが重なった。

——どうしてわたしを見てくれなかったの、と。

午後遅く、窓辺で休んでいたシダエの耳を突き刺した声が耳の奥でよみがえる。

何事があったのかと問えば、アニスが口ごもりながら教えてくれた。シダエが襲われ、攫われかけた事件に関わっていたことを。

詳細はアニスも知らないようだった。それでも最後に彼女は首を振って嘆息した。諦めきれなかったのでしょうね、と。

エヴェリナはクスター伯の娘で、ルディクの従姉妹だ。結婚相手として不足はなかっただろう。

だが、ルディクはそうしなかった。彼はシダエを妻に迎えた。

——あの人は、わたしを排除するために……。

たしかに憎らしい気持ちも、まだたっぷりとある。けれどどんな目的があったにせよ、初夜の翌朝、戸惑うシダエの手を引いてくれた姿を思い起こせば、心の一部が痛む。

彼女は、どんな思いで夫婦のベッドを見ていたのだろう……？

ぼんやりと炎を見つめているうち、キシ、とかすかな音がした。

すうっと入り込んだ風で、炎が揺れる。シダエは弾かれたように顔を上げ、寝室の扉に視線を走らせた。

ゆっくりと開いていくその向こうから、暁闇《ぎょうあん》を切り取ったような大きな影が入ってくるところだった。手燭も持たず、薄く開けたままの扉からわずかに漏れる光を背に、一、二歩、進んだが、すぐにハッとしたように足を止めて身構えた。

「——シダエ？」

そんな声をはじめて聞いたので、いたずらが成功した子供のような気分になった。

「ええ、わたしです」

ここに立っていたとはまったく思ってもいなかったのだろう。ファナやアニスを、今日ばかりはひとりにしてくれと頼んで追い出したのだ。そして待っていた。いつ来てもいいように。絶対に逃がさないように。

シダエは暖炉を離れ、すばやく近づいた。

「ルディク様」

「なにをしている？　休まないで、そんなところで……」

「それはわたしがお聞きしたいことですわ」

片手で扉を閉じながら、シダエは鋭く言い返した。

三歩ほど先に立つルディクは、動きやすいいつもの黒っぽい胴着姿だが、髪はまだほどいたままだった。

じっと見つめていると、夫は気まずそうに身体を斜にして顔を伏せた。

無言のまま。

言い訳もしてくれないのかと、シダエはカッとした。

「わたしが眠っていないのがご不満ですか？　わたしが起きているときは、ここに来たくはないのですね？　話したくもなかったのですか？　わたしは怖くて痛くて……、とても寂しかったのに。ルディク様は、弱ってベッドにいる妻には用がないのですか？」

感情のままに口にすると、黙り込んでいたルディクは、ゆっくりと前髪をかき上げた。現われた顔は青白く強張っている。

「そうじゃない。……そうじゃないが、悪かった」

パラパラと滑り落ちた髪のかすかな音とともに、絞り出された謝罪が耳に届く。

ひどく軋んだその声音に、シダエは自分が言いすぎたことに気づいた。

「ルディク様――」

「これをもらってほしい」
ス、と手が伸ばされ、ここ数日、枕元を飾っていたものと同じ匂いが強く香った。
ルディクが背後に隠していたのは、薔薇の花だった。

「……ありがとうございます」

シダエは両手で受け取った。

暗くても色はわかる。赤だ。

赤い薔薇。

毎日、一輪ずつ贈ってくれたのは、やはりこの人だった……。

「……どうして眠っているときに」

「もう行く。休んでくれ、シダエ。まだ本調子ではないだろう？」

「平気です」

すばやく言葉を重ねて遮るが、ルディクは足を止めなかった。

「ま……っ、待ってください！」

慌てて背中で扉を塞ごうと動いたが、それより早く回り込まれてしまう。

扉に手をかける夫の腕に身体ごとぶつかるようにしがみつくと、受け取ったばかりの薔薇が落ち、一瞬、それを目で追ったルディクの動きが止まった。

シダエはしがみついた手に力を込めた。

「どうして？　どうして、そんな……、わたしの、顔も見たくないの……？」

ひどく硬く太いその腕がビクッとふるえたが、それだけだった。振り払うことも、抱き締めることもしない。

強張った口元を目にして、胸がかきむしられる。

「……わたしを、嫌いに……？」

それでも必死に問うと、ルディクは戸惑うように瞬いて、視線を合わせてきた。

「嫌うわけない。どれだけ会いたかったか……！　顔が見たくて、声が聞きたくて、触れたくてたまらなかった。だがおまえが、俺に呆《あき》れて、会いたくないかと……」

「そんなことありません。わたしはいつでもあなたに会いたいと思っています」

必死に答えると、ルディクは唇にうっすらと苦笑を刷く。

「……つつましく、夫に従順、か」

「え？」

「とても上手だ、シダエ。完璧な貴婦人だ。……俺は嫌われてはいないと思える。そうだな、おまえの侍女も矢を射かけてこないし」

「侍女……ファナが、なにを」

ハッとして訊き返しても、ルディクはそのことには答えなかった。余計なことを口にしたと言うように首を振り、自分の腕をつかむシダエの手に、そっと手を重ねる。

「無理しなくていい」

「そんなこと……！」

様々な感情で胸が痛み、喉がふるえた。声を出したら泣きそうだった。

けれど、ちゃんと話さなくてはいけない。それだけはわかった。だからさらに力を込め、夫の腕をつかんだ。

しかしルディクは、そっと、だが断固とした力でシダエの手を外してしまう。

「おまえはなんの心配もしないで、ゆっくり身体を癒《いや》してくれ」

そう言い残して背を向けられた瞬間、心が弾けた。――また？　また、わたしを置き去りにして、閉じ込めて、ひとりにするの？

「イヤです！　わたし……っ、待っていたのに……!!」

「――シダエ？」

「あなたがいないなら、身体なんてどうでも……いっ、行かないで、ください……っ」

ついにこらえられず泣きだし、小さな子供のようにルディクの胴着の裾を握り締め、引っ張りながらしゃくり上げる。

「わたしを、閉じ込めようとしないで、ちゃんと、話して、ください……っ」

「シダエ……」

「そばにいてください、背を向けないで……！」

「――……っ」

わずかな沈黙の後、ルディクは身体を反転させると同時に腕を回し、シダエをかき抱いた。

男らしい夫の匂いと熱に包まれ、めまいのするような安堵が胸に満ちる。

しかし、トクトクと響く速い鼓動を感じ取った途端、余計に涙が止まらなくなった。

「ル、ルディク様……！」

必死ですがりついて、夫の胸元を涙で濡らす。

その背を、大きな手が優しく撫でた。

「シダエ、泣かないでくれ……」

そばにいる、と続けられた声は口づけのように耳朶に触れた。


やがて涙を拭いて落ち着くと、ルディクは床に落ちていた赤い薔薇を拾い上げてくれた。

それをあらためて受け取ったシダエは、腫れぼったい目元が恥ずかしくて、匂いを嗅ぐふりをして俯いてしまう。

鎧戸を開けた窓の向こうは、日が昇ったのだろう、まだ青みを帯びていたがずいぶんと明るくなっていた。はっきりとお互いの顔も見えているはずだ。

「ルディク様……」

「なんだ？」

「どうしてわたしに、薔薇を？　……それに、赤なんて」

ルディクにとっては意味のないことなのかもしれない。だが訊かずにはいられなかった。

答えを求めて見上げると、緑色の目はシダエを映して柔らかく笑んでいた。

「あたりまえだろう？」

薔薇を持つ手に、大きな手が重ねられる。

「おまえに贈るなら、赤いほうだ」

「え……」

シダエは思わず一歩離れ、男を見上げた。

白い薔薇は忠誠と敬愛。

赤い薔薇は――……。

「シダエ？」

目を見開いている妻が可笑しかったのか、ルディクの声に闊達《かったつ》さが混じった。

「赤い薔薇の意味は知っている。散々、王城で揶揄われたからな」

「揶揄われた？」

「昔の話だ」

「……！」

薔薇を持つ指がふるえる。

昔の話――ああ、きっと王城の、五年前の……と推し量ろうとして、シダエは小さく頭を振ってそれらを追い出した。

勝手に思い込むのはやめよう。

――そう、もう意地を張るのもやめよう。

「ルディク様」

シダエは身を乗り出し、夫を見つめた。

「五年前の王城での、騎士の催事を覚えていらっしゃいますか……？」

ルディクはハッと息を呑み、次いで、緑色の目を輝かせた。

「ああ、覚えている。――シダエ！」

言い終えるや、衝動を抑えられないような強引な仕草で引き寄せられた。

「あのとき、おまえに赤い薔薇を捧げた」

喘いだシダエが身じろぐより早く、夫はわずかに離れるのも許さないようにきつく抱き締めてきた。

「王女ではないと知らなくて……だが知っていても、きっとおまえに捧げた。可愛くて、ひと目で惹かれたんだ。なのに、つまらないことでその後、傷つけた。許してくれ」

「そんな、こと」

「春先に王城で会ったとき、はじめまして、と俺に挨拶しただろう？」

「わたしが……？」

シダエの脳裏に、ファーゲン王の執務室で再会し、妻にと選ばれたときがよみがえる。

そう、あのときたしかにそう言った。

はじめまして、と。

あなたのことなど覚えていないという態度で、自尊心を守るために。

「……わたし、ごめんなさい」

「謝らないでくれ、シダエ。謝らなければならないのは、俺だ」

ルディクは腕の力をゆるめ、見上げるシダエと視線を絡ませた。

「覚えているはずだと思っていた。だから俺が手を取ったら喜んでくれると、勝手に信じていた」

「……」

「おまえが言い出すまで待っていようと、意地になった。莫迦なことを考えた。……ほんとうに俺は莫迦だ。五年前のことをすぐに謝って、妻にできて嬉しいと伝えるべきだったのに」

「ルディク様……」

「祖母の指輪を贈った後、なにか別のものも贈ると言っただろう？　もう一度、おまえに捧げたいと思って、赤い薔薇を手配しておいたんだ。……こんな形で贈ることになるとは思わなかったが」

「いいえ、嬉しかったです。とても……とても嬉しくて、わたし……」

「そうか、よかった」

ルディクは微笑んで、頷いた。

「また何度でも贈りたい。――いや、贈る。おまえだけに赤い薔薇を贈って、求愛する」

ルディクは顔を傾けて唇を重ねてきた。

かすかに濡れた音を立ててすぐに離された口元を目で追うと、ふ、と笑われる。

「愛している、シダエ」

「……っ」

「少女の頃のおまえを可愛いと思った。好きだと。だから薔薇を捧げた。あのとき意味はわからなかったが……。笑ってほしかったんだ、俺だけに。その後のことは……ほんとうに後悔していた。だから余計に、ずっとおまえを忘れられなかった」

「い、いいえ、わたしこそ……黙っていてごめんなさい。わたしこそ、意地になっていて」

「おまえが謝ることは、なにひとつない」

「……でも」

「もういい、シダエ。許してくれればそれでいい。礼儀正しい妻であろうとするおまえも好きだが、心から笑ってくれるほうがいい。とても可愛い」

可愛い？　シダエは目を見開いた。可愛いと言われたことなどなかった。どう応えていいかわからず、うろたえてしまう。

するとルディクは指先でシダエの髪を払い、身を屈めた。

「おまえは可愛い。実は、泣いているときも可愛いと思っていた。夜、俺にしがみついて甘えてくれるときは、もっと可愛くて――ん？」

「ル、ルディク様……！」

カアッと一気に顔が火照り、反射的にシダエは両手を上げて男の口元を塞いだ。せっかく拾ってもらった薔薇を、また床に落としてしまう。

ルディクは一瞬、見開いた緑色の目をすぐに可笑しそうに狭め、シダエの手首を片手でひとまとめに握ってきた。

「……きゃあ!?」

押さえつけられた手のひらに濡れた感触があたる。

舌で舐められたのだとわかってさらに顔に血が昇った。外そうとした手は強い力で止められ、ペロリ、とまた舐められた。

「全部、可愛い。可愛い、シダエ……」

太い笑みを刻んで男はそう言い、緑色の目をきらめかせる。

狼のように。

わたしの——わたしだけの狼……シダエは夫の目を見つめた。高鳴る鼓動とともに、胸に、全身に、愛《いと》しさが満ちていく。

踊りに誘って断られたことを忘れず、また傷つきたくないと頑なだったのは、傷つくのを恐れるほどこの人を好きだったからだと、ようやく気づく。

意地を張らずにいれば、遠回りをしなかったのに——。

「……これからでも、間に合いますよね？　わたしたち、よい夫婦になれますよね？」

「もちろんだ」

ルディクは手を離し、シダエをじっと見つめた。

「愛している、シダエ。愛している……」

ゆっくりと唇が押し当てられた。

口づけだけで力の抜けた妻の身体を抱き寄せ、また腕の中に閉じ込める。

小さな頭に添えた手を下ろし、淡く輝く銀の混じった金髪を梳くと、シダエは吐息をついて両手を回してきた。

細くしなやかで、芳しい香りのする女らしい身体をしっかりと抱いて、ルディクは胸に満ちた切なさを噛み締める。

ほかの王女が薔薇を捧げられる中、微笑んでいても寂しげだった少女。

あのとき怒りさえ感じたのだ。なぜだれもこの少女を喜ばせようとしないんだろう、と。

だが同時に、独占欲をまぶした喜びが湧いた。

そうだ、俺が捧げよう、俺にだけ笑ってくれればいい——と。

なのに、つまらない注進ややっかみに惑わされ、少女を傷つけてしまった。

もしそんなことがなかったら、どうなっていただろう？　身分も年齢も釣り合っている。

求婚すればすんなり受け入れられ、ずっとはやく妻に迎えられたかもしれない。

だが五年前、領地に戻った直後、辺境伯の地位を守ってきた祖父が急死して一族は混乱し、そうした状況は数年続いた。

シダエを妻にできたとしても、穏やかな幸福を与えられなかったはずだ。城が攻められないか、彼女が人質にとられないか、そればかりを気にして、自らも危うくなっていたかもしれない。

ほんとうに運がよかった。時間はかかったが彼女を手に入れられた。

王家に連なるシダエに自由な婚姻は許されない。元の婚約者のことも——ルディクは妻を抱く腕に力を込めた。

「おまえの婚約がダメになってくれてよかった」

「え？　あの、そう、さきほどわたしの侍女が、と……」

腕の中で小さく身じろいだシダエは、口ごもったものの、意を決したように訊いた。

「……ご存じでしたの？」

「ああ」

頷くと、シダエはふっくらした唇をふるわせた。

「……ファナは騎士だった父に習っていて、弓がとても上手で。……お願いです、ファナはなにも悪くありません。……そう、わたしが頼んだのです！　嫌だからどうにかしてと、だから……」

「もういい。おまえが命じたことではないのもわかっている」

ルディクは安心させるように、シダエの額に口づけた。

「ファナに感謝しこそすれ、なにも叱《しか》ることなどない」

「ルディク様……、ありがとうございます。ファナは……」

当時のことを思い出したのか、シダエは言葉を切り、細い眉をひそめて俯いてしまった。

その髪を撫でるルディクの脳裏に、ディアン大公の冷たい眼差しが過ぎる。

──ファナがやらなければ自分がやっていた、と義父になった男は吐き捨てた。

シダエの結婚を王に決められ、当時、嫌がる娘のために破談にしようとしたそうだが、王弟である微妙な立場ゆえに動けなかった。

狩りの日、決意したファナが従者の少年の格好をして一行にひそみ、矢を放ったことも大公は承知していた。ファナの行きすぎた行動を咎めるどころか、大公は積極的に隠ぺいした。

結局、弓を射た従者の少年と侍女とを結びつけることは、だれにもできなかった。

犯人はシダエだと裁判を起こしたのは、排除しようとする大公の動きを察知した元婚約者の牽制《けんせい》だったのかもしれない──と、口端を引き曲げ、教えてくれた。その報復はしたが、と薄く笑って。

「……わたし、ファナには感謝しています。それと、もうしわけなくて……」

「もうしわけない？」

「はい。弓のこともそうですが、その後、色々言われて……王城に戻れば、人はまた、必ずわたしの噂をするでしょう。その中で、狩場で見たとファナを思い出す人もいるかもしれない。わたしとファナは、王城でもいつも一緒でしたから。だからわたしは屋敷を出ないの、と……」

ルディクのシャツを握り、シダエは額を押しつけるようにして顔を伏せた。

「わたしはファナを言い訳にしたのです。二年間、そうやって隠れていました」

「よかった」

ルディクは笑った。

「おかげで二年の間に、おまえをよその男に取られずに済んだ」

「まあ……」

パッと顔を上げたシダエは、青白い朝の光の中でもはっきりわかるほどに頰を染めた。

見上げてくる青灰色の目に煽られ、ルディクは衝動のまま口づけた。啄むようにチュと音を立てて何度か押しつけるうち、シダエの身体から緊張が解けていく。

「ルディク様……」

艶めいた吐息とともに名を呼ばれ、鼓動が速まる。

女性らしい艶めかしい曲線を手のひらで辿るうち、下腹部が耐えられないほど熱くなってきた。

両手でシダエの頰をはさんで持ち上げ、強引にまた唇を重ねた。

「……あ、ぁ……」

漏れた甘い声に、理性が飛ぶ。突き上げてくる欲求のままに、ルディクは顔の角度を変えて重ねた唇をずらし、舌を差し込んで妻のそれを求めた。

シダエはすぐに応えてくれた。小さな舌の柔らかな感触に唸りそうになりながら、歓喜とともに絡める。何度も擦り合わせ、強く吸った。

「ん……ぅ」

腕の中で温かく柔らかな身体が身じろぎ、衣擦れの音がする。自分を待つためとはいえ、きちんとドレスを着ていたことが残念だった。

もっと親密に触れたい。素肌に触れて、舐めて。自分の全部を重ね、つなげたい。

夜は明けている。兵士たちに混じっての訓練もはじまるし、城の者たちもすべて起き出して動く頃だ。規範となる領主として行動しなければ——と思う端から、それがどうした、とルディクの中の狼が唸る。

長い睫毛が青い影を落とすその目元、白い頬、濡れて赤くなった唇。そして華奢な首筋と鎖骨を順に見下ろせば、渇望で全身が焼かれていく。

誘うような甘い香り——シダエの肌の匂いを吸い込み、彼女のすべてを求めて熱く脈打つものを擦りつけるように抱きしめると、柔らかな身体は一瞬、強張った。

欲情を噛み締めて問うと、シダエは腕の中で切ない吐息をついた。そしてすぐに爪先立ち、口づけてきた。

「……いいか？」

触れただけのそれに煽られたルディクは、急いで妻を抱き上げた。

「あ……」

シーツの上に広がったドレスの裾を膝で踏んだルディクが、背を屈めて被さるように口づけてくる。

ベッドを囲む帳はかすかに光を通し、柔らかな青い闇に包まれていた。その中で密やかに衣擦れや軋む音が続き、切なさを帯びた息が溶けていく。

上気する頬を両手でしっかりとはさまれ、熱をぶつけてくるような激しい口づけを交わす。飲みきれない唾液が伝うと、ルディクの唇が雫の跡を舐めて落ち、首筋に触れた。

「……んっ、あ……」

激しく脈打つ部分を噛みつく勢いで吸われて反射的に背を反らすと、両頬をはさんでいた大きな手が滑り、二の腕をしっかりとつかんで押さえられた。

「や……ぁっ」

縛められたような窮屈さに身じろぐと、胸元でルディクの黒髪が揺れた。くすぐられる感触にサッと肌が粟立つ。痛くはない。痛くはないが、ぴたりと密着する男の圧力に、怯えに似たものが胸に湧く。

そんなかすかな感情に気づいたように、二の腕をつかむ手の力がゆるんだ。ほっとして少し上体をずらすと、空いた距離にすぐさまルディクが顔を埋める。

唇が落とされ、肌を這う。舐められ、ときに優しく噛まれ、吸われ——もたらされる淡い愉悦に、下肢がふるえた。

朝なのに……思考が頭をかすめていく。朝なのに、こんな——と。

けれど、熱を高めていく鼓動にすぐにまぎれてしまう。それどころかもっと触れてほしいと淫らな欲に突き動かされ、シダエは男のシャツを指先でつかんだ。

「ルディク様……っ」

懇願を含んだ声に、ルディクは顔を上げた。劣情を目に宿してシダエを窺い、男らしい唇を舌先で舐める。

「シダエ」

獣を思わせる仕草に鼓動が跳ねたのがわかったのか、夫は薄く笑いながら、シャツの袖を握る華奢な手を外した。

「……ゆっくり愛したい。優しくしたいんだ」

ひどくかすれた声とともに、持ち替えて手首を握り、ぐい、とそのまま引き寄せる。己の、下腹部に——。

「だが、我慢できそうにない」

「……っ！」

丈長のシャツの裾に覆われた脚衣の中心に触れた指先に、ふくらみと熱が伝わる。

力強いその感触に、怯えとも興奮ともつかないなにかが背筋を貫いた。

まるでシダエからそうしてくれるのを待つように、ルディクは手首をつかむ手の力をゆるめた。

「ルディク様……」

肌がチリチリする焦燥に似た感覚に襲われ、鼓動に激しく胸の骨を叩かれる。

シダエはこくりと喉を鳴らし、丸めた指先をそっと伸ばして、シャツ越しにルディク自身に触れた。

布地を押し上げる男の熱は、ひどく硬く大きい。

自分の中に何度となく穿たれたものであるのに、目にしたことのない未知のその形を確かめるように指をゆっくりと滑らせる。

ルディクがハッと息を呑み、身体をふるわせた。そしてシダエの頰をかすめ、唇を耳の下の薄い皮膚に押し当て、ハア、と切ない吐息を漏らす。

「おまえの中に、すぐにでも入りたい……」

「……っ」

炎を吹き込まれたように、カッと全身が燃え立った。耳の奥で脈打つ音が響く。めまいをもたらす甘く苦しい熱に煽られ、シダエは滾った男自身を握った。

また息を呑んだルディクは、全身をブルッとふるわせた。

痛かったのだろうか、とシダエは手をゆるめた。すると、食いしばった歯の間から浅い息をもらし、ルディクは腰を強く押しつけてきた。

「触れてくれ」

耳朶を食んでいた唇が淫靡に動き、かじりつかれた。

しかしその軽い痛みが、さらに熱を高めていく。夫が望む通りにシャツを押し上げる欲望を握り、そろそろと擦り上げた。

手の中で、ピク、と跳ねる。

自分に向けられる欲情の証をはっきりと感じながら、シダエはシーツの上についた両膝を無意識に擦り合わせた。

足の間が熱くてたまらない。熱くて、疼いている。きつと、ひどく濡れている……。

「ルディク様……！」

たくましい背にさまよわせていた手で、男のシャツをめくり上げた。潜り込ませた両手で脚衣の前面にある紐を探ると、シダエ？　とかすれた声が聞こえて、覗き込まれる。

垂れた前髪を指で払ったその顔が、歪んで見えた。興奮で潤んだ目をしばたたいて、シダエは感情を隠さず言った。

「わたし……、わたしも、あなたがすぐに欲しいです」

印象的な緑色の目が、ハッと見開かれた。薄闇でも、その色の中に強く喜悦が滲んでいくのがはっきりとわかった。

「……お願い、ルディク様……」

下腹の奥がふるえ、足の間にトロリとこぼれる感覚がする。シダエは自分の性を強く意識し、無意識に甘い吐息をついた。誘うように。

「わたし……あ……っ」

常に気遣ってくれた大きな手が、一時、それを忘れたように荒々しく身体に回された。

息を詰めた唇を、食いつくようにして塞がれる。舌がねじ込まれ、頭の芯まで蕩けさせる生々しく濡れた音を立てて絡んだ。

心臓が縮んだように痛み、シダエはふるえる指先でシャツの胸元を握り込む。口づけに夢中になるうち身体が浮かされ、気づけば厚みのある身体に組み敷かれていた。

男の身体の硬さと重みに、腹の奥がジンと痺れた。

「あ……ぁ……」

小さく喘ぐ声を漏らすと、ルディクが唇を離して身を起こしてしまう。

喪失感に眉をひそめると、大きな手が伸ばされ、肩の下に敷く形になったシダエの金髪をまとめてすくい上げられた。溶かした黄金のように指の間からこぼれた髪が、枕元に広がる。

それをうっとり見つめて、ルディクは訊ねた。

「……だいじょうぶか？」

「は、はい」

頭の位置を直すようにして頷くと、ルディクは、ふ、と短く笑う。

「こちらも？」

「え……？」

視線を追ったシダエは、あ、と短く声を上げ、身じろいだ。ドレスの裾が乱れ、膝までめくれ上がっている。長靴下の白く薄い生地に包まれた足に、すばやく男の手が触れた。

「綺麗に支度したのに、すまない」

謝罪の言葉と裏腹に、声音には笑いの名残と、性急な欲望が含まれかすれていた。硬く大きな手はそのまま滑り、肌着ごと裾をめくり上げていく。

「……っ」

衣擦れの音が収まるより早く、ルディクの手が腿の内側に置かれた。反射的に閉じようとした膝が肘で止められ、身体を割り入れられる。

足がさらに広がり、ドレスはかろうじて付け根あたりを隠して固まった。釦《ボタン》で留めた長靴下をそのままに、ルディクの手は秘所を包む小さな布地の紐を探った。

シュッ、とかすかな音がして、締めつけていた感覚がなくなる。

「ル、ルディク、様……っ」

足ではさんだ夫を見上げ、シダエは真っ赤になった顔を隠すように両手で覆った。

注がれる視線を感じて、外気に晒された部分がヒクリとふるえる。

掻くように茂みを四本の指が這い、硬く太い親指だけが下から上へと、割れ目の中央をなぞった。何度か往復して柔らかなひだを開いて潜り込み、滑らかに動きだす。

すすり泣くような声を上げると、指の動きが速まった。

「濡れている」

「……や、ん……っ」

ルディクの身体をはさむ両足に力を入れ、シダエは腰を跳ね上げた。

しかし秘所を弄る手は外れず、動きに合わせるようにして何度も擦り、疼いてふくらんでいる突起をつぶすように弄ってくる。

あ、あ、と切羽詰まった声を上げ、シダエは激しく身をよじった。

もたらされる快感の波だけではなく、ひどく濡れていることを教える淫らな音にも追いたてられた。

「あぁっ、あー……ッ！」

唐突に絶頂に達したシダエは、身体の脇に下ろした両腕を突っ張り、仰け反った。そのままぎこちなく手がふるえ、つかんだ布をキュッと握り込む。

高みを超えると、ふ、と力が抜けた。快感の余韻を吐き出す細い息をついたとき、握った布がめくられたドレスの裾だと気づいた。

ドレスの身ごろは、四角い襟元に縁飾りとして縫いつけられた紐状のリボンだけが外れている。乱れているのはそれだけだ。

着衣のまま付け根まで足を晒し、快楽に喘いでいた自分の姿を思い返した途端、羞恥が湧いて胸が苦しくなった。そう、身体を締める胴衣もつけたままなのに……。

「ル、ルディク様――……え？　ぁ、あぁ……っ！」

ドレスを脱がせてほしいと告げる前に、ルディクの両手が腰をつかんで持ち上げていた。

そしていつの間に解放したのか、自身の滾りをシダエの秘所に押し当ててくる。

指とは太さも熱も異なるものが、耳を覆いたくなるふしだらな音を立てて秘所を擦った。

達したばかりの敏感なそこは奥深くまでヒクつき、蜜をこぼして交じり合う音を大きくしていく。

ルディクの大きな手で膝裏を攫われ、さらに足を開かされた。

淫らな姿に息を呑んだ刹那、ぐ、と太い先端がシダエの秘められたくぼみを押した。

「や……っ、ああっ」

強引な挿入を拒むように、下腹部に力が入る。だが、思ったほどの痛みはなく、かすかなそれも、大きな快感に飲み込まれていく。

「は……ぁっ、あ、ん……ぁあああっ！」

妻の浮いた腰をつかんですべてを収めた男は、ハア、と蕩けるような吐息をつき、口の端を吊り上げた。

「俺のだ」

唸るような声を、シダエの耳が拾う。

「全部、俺のものだ。俺の……っ」

「ああっ、う、あ……んっ、ぁあっ」

大きく腰を引いて、またすぐ押し込んで。

律動はひどく激しく、呼吸さえままならないような苦しさと快楽とともにシダエを揺さぶった。ベッドがギッギッと軋み、腹部に丸まったドレスの裾が衣擦れの音を立てる。だがそれより大きく淫らに、交わる音が響いた。

突き上げられるたびに声が漏れ、止められない。それでも羞恥で、無意識に塞ごうとしたのか、口元に運んだ手の指を噛んでいた。

「シダエ」

動きを止めたルディクは、上体を倒してシダエの手を取る。

「声が聞きたい、もっと」

指を絡めて握った手をシーツに押しつけ、また激しく動きだし、組み敷いたシダエを揺さぶった。

荒い息遣いと嬌声と、淫靡な音。そして互いの熱が混じり、強く官能の匂いが増していく。

「聞かせてくれ、シダエ。気持ちいいと、言ってくれ……っ」

「んんっ、あぁ……っ、あっ、い……ぃいっ、気持ち、いいの……！」

「もっと？　俺が、欲しいか？」

「あっ、う……んっ、欲しい……っ、もっと、ルディク様……」

求められるままに口にすると、間近で見下ろす夫の顔が歪んだ。

「シダエ……ッ！」

黒髪の合間に覗く緑色の目を獣のようにぎらつかせたルディクは、敏感な突起ごと擦るように激しく抜き差しして、シダエを高みに押し上げる。

「あぁ……っ！」

強く手を握り返して絶頂に達したシダエは、中を穿つ男を絞り取るように何度もきつく締めつけた。

く……っ、と短く呻く声がして、奥に夫の熱が迸《ほとばし》る。

やがて、長く吐き出された息とともに、ギュウときつく抱かれた。そのまま荒く息を継ぐルディクの身体は汗ばみ、ひどく熱い。鼓動が、速い……。

満たされた思いに全身を浸し、シダエはゆっくり息を吐いて目を閉じた。

「……ルディク様」

「ん……、どうした？」

「五年前の……あのとき、わたしも初恋で……あなたを、ずっと忘れられなかったのです。この城で一緒に過ごせる時間が嬉しくて、いま、とても幸せです。わたし、……わたしも、あなたを愛しています」

「シダエ……」

心のままに口に出すと、ルディクは頬を擦り寄せてきた。

「……もう一度、言ってくれ」

「愛しています」

「もう一度」

シダエは笑い声を上げた。

「愛しています、ルディク様」

「……俺もだ、シダエ。王の執務室で再会したとき目を奪われて、すべて欲しくて……」

ルディクは甘くささやきながら、シダエの乱れた金髪を指先で払い、こめかみに口づけた。

「心まで手に入れたいと思って、ずっとおまえに求愛していたんだ」

「……求愛？　でも、なにもおっしゃってくださらなかったわ」

「おまえはなにを言っても作り笑顔で受け流すから……、行動で示していたつもりだった。足りなかったか？」

ふ……、と。耳にかけられる笑い交じりの吐息に、不穏な熱が混じった。

ルディク様？　と口の中でつぶやいて首をねじると、耳元にあったルディクがすばやく口づけてきた。唇を湿らすように舌先で舐め、ぴたりと合わせて深く舌を差し込まれる。

所有欲を満たすような性急で荒々しいそれに、喉の奥で甘えるような声を漏らすと、体内に収まったままだった男が硬くなった。

え、と驚きの声を上げると、蕩けた内壁を味わうようにゆっくり抜かれ、また突き入れられる。その都度、硬度が増していく。

「……ぁんっ」

唇を離し、シダエは顎を上げて悶えた。

消えかけていた官能の余韻が一気に燃え上がり、下腹部をふるわせて締めつけてしまう。さらに滾ったものが、白濁をかき混ぜるように奥を突いてきた。ぐちゅりと激しく音が響いて、溢れ、伝う。

「あ、ゃあ……っ、もう、あっ、朝で、あ、さ……っ」

「つかまっていろ」

途切れる訴えを無視し、シダエの手を自分の首に絡めさせたルディクは、反った背に両手を差し込んでグイと身体を起こした。

「や、あぁ、あ……っ！」

夫の膝の上に跨る形になったシダエは、甲高く声を上げた。

パサリと音を立ててドレスの裾が落ち、つながっている下半身が覆われる。

ドレスは明るく美しい青色だった。貴婦人にふさわしい色だ。でも、その下で――穿たれたままのルディクの欲望が、自重のせいで最奥に当たっている。

痛みともつかない強烈な感覚が生じ、シダエは両手でルディクの胸板を押し、逃げるように頭を反らした。

「……は……っ、や……っ」

ルディクはシダエの華奢な腰を両手でつかみ、上下に揺らした。ゆっくりと。

緩慢とも言える刺激に高められたシダエは、自身の足に力を入れ、気づけば自ら腰を揺らしていた。

「シダエ……！」

乱れた金髪を払うルディクの手が、ドレスの身ごろを留める紐や釦を探る。

しかし男には複雑なそれに焦れたのか、すぐに両手でブチブチと引きちぎり、勢いのまま生地を破ってしまった。

「な……っ」

裂かれた身ごろは大きく前を開けて垂れ、腹部で固まる裾の上に落ちた。

残りの生地を剝いで手を差し込んだルディクは、下に着けていた胴衣の紐も裂いて解き、肌着の薄布越しに乳房を手のひらで包んで、ようやく満足そうに唸る。

「は、ぁ……ん……」

ドレスをダメにされて責めるより、シダエは解放された安堵で大きく胸を喘がせた。

手のひらで乳房が跳ね、硬くなっていた頂が擦られる。

ドレスのほっそりした袖に通したままの腕で男の頭を抱え、ねだるように腰を揺らすと、ルディクの手に力がこもった。

強く揉まれ、先端をきゅっとつままれる。

「……あっ！」

高い声を上げて反らした喉を、男の厚い舌が舐めた。そのまま鎖骨の間のくぼみに口づけ、ためらわずもっと下に――。

やがて、薄布越しに赤く色づく先端を唇ではさんで強く吸い上げられた。

「あっ……ぁあぁー……ッ！」

炎のように快感が身体の芯を焼き、頭の中を真っ白にさせていく。

締めつけた体内で、男の悦《よろこ》びも弾けた。シダエの首の艶めかしい曲線に唇を押しつけたま、ルディクは二度、三度と腰を突き上げる。

淫靡な音が続き、混じり合った白濁がこぼれた。

やがて動きを止めるとルディクは荒い息をつき、青く美しいドレスの下でつながったまま、優しく妻を抱き締めた。

「愛している、シダエ」

「わたしも」

シダエはたくましい男の身体にもたれ、吐息とともに繰り返した。

「わたしも、あなたを愛しています。ルディク様、愛しています」

「……ありがとう」

一瞬だけ腕に力をこめ、ルディクは妻をきつく抱いた。

それからシダエの火照った頬を両手ではさんで、ゆっくりと口づけてきた。

＊　＊　＊

数日後、エヴェリナはアラルーシアの西端にある修道院に送られた。クスターも城代を辞した。一気に老いた男は、修道院近くにある古い城に移っていった。

それらを知ったとき胸に複雑な思いが湧いたが、シダエは口を閉ざし、城の女主人として認めてもらえるよう努めた。

仕事はたくさんあった。それだけに覚えることも多く、とくに帳簿類は開いただけでめまいがしたが、館に引きこもっていたシダエは心身共に充実していた。

そうして日々は過ぎ、アラルーシア城は一気に春に包まれた。

夜もそれほど冷えなくなったが、シダエは暖炉の前が定位置となっていた。火掻き棒を手にして、教えられた通り炎を調節しながら夫を待つのが。

「——上手になった」

寝室に入ってきたルディクは、ほどいた黒髪を掻き上げながら笑う。

「灰を被せて火を消していたのにな」

「だれでも最初は上手ではありません」

シダエは火掻き棒を置いて、後ろ手で扉を閉めて腕を広げたルディクに、寝間着の裾を揺らしながら駆け寄った。

抱き締められ、硬い腕に包まれる。

襟紐をゆるめたシャツ越しに頬を擦り寄せると、ルディクは垂らしたままの金髪を指で優しく引いて、顔を上げさせた。頬に夫の唇を感じて、シダエは目を閉じる。

「もう、休みますか？」

「ん、いや、少し話をしよう。奥方は、今日はなにをしていた？」

「片づけです。コリス市からまた荷物が届いて……」

頬から耳元に移った唇にいたずらされ、くすぐったさに肩を竦めながら答えると、ルディクは短く笑った。

「大公からか」

「ええ。……父は、よほどわたしが不自由していると思っているようです」

「心配されているんだろう、おまえはただひとりの娘なのだし」

ただひとりの娘であるのはたしかだが、あの父が心配しているとは思えなかった。

二年間、サニケ伯爵家で引きこもっていたときも会いに来るどころか手紙ひとつよこさなかったのに——そんな気持ちが声に出ていたのか、ルディクはまた笑って身を離し、シダエの頬を指先で軽く突いた。

「大公はだれより心配されているし、おまえを大切に思っている」

「父が？」

「そんな顔をするな。……そうだな、もう打ち明けてもいいだろう。俺がこの春に王城に赴いたとき、真っ先に大公が会見を申し込んでこられた。会ってみたら、開口一番、娘をもらってくれと言われた」

「……え？」

「王は、王女を娶らせる心積もりだった。俺に鎖をつけるのは自分だと大公が割り込んだのかと最初は思った。色々と政治的なことで。貴族間の均衡だとかなんとか、くだらないが」

「……」

「大公はこの数年で力をつけた方だ。さらに権力を欲したのか、それになぜ俺を選んだのかと思った。首を傾げると、おまえの話をしてくれた。五年前の催事の話をされて、……おまえの噂のことも色々と聞かされた」

「わたしの噂を……？」

だからルディクは知っていたのだと、シダエは得心する。

同時に、浅く切りつけられるような痛みが胸に走った。

いつかルディクの耳に入るかもしれない、それなら——と父は考えたのかもしれないが、どう理由を拾い集めても、商品に傷はないと売り込まれた気がしてしまう。

「……父は、ほかになにを？」

痛みをこらえて促すと、ルディクは眉をひそめた。

「誤解しないでくれ。大公はほんとうにおまえのことを思っていた」

「……」

「前の婚約で自分の力が足らず、悲しい思いをさせたと。いまは王女を押しのけての婚姻でも、王その人さえなにも言わせない。娘は優しく、真面目で、愛情深い。あの子が赤い薔薇を大切にしていたのも知っている。妻にしてやってくれと言われた」

「……お父様、が……」

どうしても捨てることができなかった赤い薔薇——成り行きで捧げられただけのその花は、すっかり色褪《いろあ》せて紙のようになってしまった後も手元にあった。

諦めて暖炉の火に投げ入れたのは、ファーゲン王から結婚を命じられた十五歳のときで、たしかそのとき、父はじっとわたしの背を見つめていた……。

「おまえのために、大公は権力を強固なものにしたんだ。意に沿わない結婚をさせたくないと言っていた。王家の血を引きながらおかしなことだろうが……」

ルディクの言葉を聞きながら、シダエは両手で顔を覆った。

父の姿が手のひらで作る暗闇にまたたいて浮かぶ。笑んだところなど目にしたことがない。だがその眼差しは、いつもまっすぐ自分に向けられていたのだ。

「シダエ、まだ続きがある」

優しく両腕で包み込み、ルディクは耳元に唇を寄せて続けた。

「打算がある相手でもいいのかと俺が問い返すと、大公に笑われたんだ。娘が赤い薔薇を大切にしていたと聞いたとき、あなたもずいぶん嬉しそうでしたが、と」

「……ほんとうに？」

顔を覆っていた手を外して見上げると、目元を親指の腹で拭われた。

硬く武骨な手でそっと触れるその気遣いに、シダエは青灰色の目にまた涙を滲ませる。

「ほんとうだ」

ルディクは、妻の頬を手のひらで包んだ。

「それを聞いたとき、もう一度、どうしてもおまえに会いたくなった」

「……それで、どう、でした？」

「どう？」

「わたしを、見て」

恥じらいながらも訊き返すと、ルディクは軽く口づけた。

「その後の俺を思い出してくれ。我ながら緊張して、情けない有様だったろう？」

そんなことは……、と言いかけ、シダエは語尾を濁す。

たしかに王の執務室での辺境伯は、表情も変えず、不遜で、感じが悪かった。

「……陛下の前でしたのに」

ルディクは顔を離し、ニヤリと口元を歪める。

「ファーゲン王には腹を立てていたんだ。おまえを妻にしたいと申し出たのに、無理に王女たちにまで会わせたろう？　目にすれば考えが変わるなど……、余計に腹が立った。おまえ以外、目に入らなかったのに」

「まあ……」

頬が火照り、唇に笑みが浮かぶ。青灰色の目を細めたまま、シダエは言い足した。

「……あのとき、そうおっしゃってくだされば、遠回りしなかったのですけど」

妻の皮肉にルディクは目を見開いたが、すぐに笑いだした。

「おまえもはじめましてと言って、俺に冷たくしただろう？」

「でも——……ん」

身を屈めてすばやく口づけされ、それ以上の反論を封じられてしまう。

唇を触れ合わせたまま、細めた緑色の目が覗き込んでくる。

「五年前の自分が悪いとわかっていても、冷たくされて傷ついたんだ」

「……ずるい言い方！」

シダエが目元を赤く染めたまま睨むと、夫は笑いながらもう一度、口づけた。

「……ん」

優しい触れ合いにシダエがうっとりと目を閉じると、腕が腰に回され、そのまま抱え上げられた。

「ルディク様!?　降ろしてください！」

驚いてそう訴えながら身じろぐが、闊達な笑い声に遮られ、力強い手で押さえられてしまう。

ルディクは笑いを残した口元を歪めた。

「そうだな、俺が悪い。すまなかった。――許してもらえる努力をしよう。たっぷりと」

そして男は、異名にふさわしい速さで妻をベッドに運んでいった。

終章

山々に刻まれた雪渓も細くなると、濃い緑色の枝葉や伸びた草を揺らして、風は城の中まで吹きつけてくる。

その風に乗ってきたのか、ジ、ジ、と虫の鳴き声が間近で聞こえた。

立ち上がったシダエは、窓辺に置いた鉢植《はちう》えの花の向きを変えてみた。小さな紫色の花と群生する葉からは独特の匂いがする。虫除けですと言ってアニスが用意してくれたのだが、大きな声で鳴くあの虫は追い払ってくれるだろうか……。

「シダエ」

外に向けた顔が見えたのだろう、塔の下から声がかけられた。両手をついて見下ろすと、中庭の端に、黒馬に跨る夫の姿があった。

ペナの町に出ていたルディクは、騎士というよりは領主の顔を意識したのか、くすんだ緑色を基調に金糸で飾った胴着に、濃緑色の薄い上衣をつけていた。ベルトと長靴はいつも通り黒革だ。馬の背から下草の生える中庭に降りると、腰に佩いた長剣の、ガチャリという重い音が耳に届く。

「おかえりなさい」

袖の飾り布を揺らして手を振ると、ルディクは眩《まぶ》しそうに片手をかざして見上げてきた。

「後で行く。飲み物を用意しておいてくれ」

片手を挙げながら中庭を過ぎ、やがて建物の影に入っていく。その後を兵士たちが追っていくのまで見送って、シダエは窓辺から離れた。

「なんですか、シダエ様」

赤い絨毯の上で夏用の肌着をより分けていたファナが、眉を寄せて見上げてきた。

「貴婦人が台無しですよ。奇妙な笑い方をなさって」

口元がゆるんでしまうのが止められず、シダエは両手で頬を押さえた。

「……飲み物を用意してくるわ」

「わたしがやりますよ。今日は暑いですから、氷室《ひむろ》で氷ももらってきます」

手早く片づけたファナが出ていくと、シダエは隅に置いた大きな姿見の前に駆け寄った。

鏡面に映るのは、薄い青のドレスをまとった貴婦人だ。垂らしたままの長い金髪を、顔の脇のひと房だけ編んで後頭部の高い位置でまとめ、白い薔薇を挿《さ》している。

使用人のひとりが、朝、つんだばかりです、と持ってきてくれた薔薇だった。

白い薔薇は忠誠と敬愛。そんな王城での意味を知っているはずはないと思いながらも、シダエは嬉しくてたまらない。

だが、城の者すべてと心を通わせ、親しくなったわけではなかった。

いまだ、エヴェリナと比べる者もいる。

そんな視線を感じながらも、シダエは女主人として努力を続けていた。

そう、帳簿つけも頑張ろう――と決意しつつ薔薇の位置を直していると、近づいてくる男の姿が鏡の端に映り込んだ。

頭から数字を追い出し、シダエは身体ごと振り返る。

「おかえりなさいませ！」

「ああ、戻った」

ルディクはひと息に距離を詰め、シダエを腕に抱いた。

男らしい匂いと熱に包まれたシダエは、引き締まった腰に手を回して夫を見上げた。

「お飲み物は、いま、ファナが用意していますから」

「そうか。留守の間、どうしていた？」

「裁縫室でアニスたちと相談していました。先日、父がまた布を送ってくださったでしょう？　それで、みんなに行き渡るように肌着に仕立てようと決めたのですが……」

「決めて、それで？」

口ごもった下唇を、夫の硬い指先で撫でられる。

シダエははにかむように笑って続けた。

「……それが、襟ぐりの大きさと裾の長さで意見の相違がありまして」

ルディクは声を上げて笑った。

「女たちにはこだわりがあるんだろう、それぞれ好きに仕立てさせるといい」

「ええ、わたしもそう思ってみんなに言いました。好きに作りましょう、足りなくなったら領主様が出してくださるわ、と」

「……シダエ」

「はい」

「まったく……、まあ、いい。大公には、あまり布を送って甘やかすなと言っておく」

「父に？　まあ、手紙で告げ口ですか？」

「まさか」

妻の軽口に笑い、ルディクは金色の髪を手のひらで撫でた。

「直接、言う」

「え……」

「大公を領地に招こうと思っている」

ゆっくりと目を大きくしていくシダエに、ルディクは頷いた。

「アラルーシアの夏は過ごしやすいし、森は豊かだ。大公は狩猟に興味があるか？　森にたくさんの天幕を立て、何日も狩りをしてゆっくりしていってもらおう。獲物を炙《あぶ》って、大広間で祝宴も開きたい」

「わたし、城のみんなと協力して頑張ります！」

シダエは目を輝かせ、賛同した。

城の女主人として立派にやっている姿を見せたい。この城での滞在が快適なものであれば、父も安心してくれるだろう。

そんな妻の気持ちを見透かしたように、ルディクはもう一度、頷いた。

「ああ。準備は大変だが、頼む。そうだ、サニケ伯爵も招こうか、奥方とともに」

「伯父様たちも？　ああ、ありがとうございます、ルディク様……！」

「優しくしてくれた方たちだろう？　俺もぜひ、話したい。砦の視察や、町も果樹園も見てもらおう。いろんなところを……シダエ？」

次第に顔を曇らせていく妻に気づき、ルディクは言葉を切った。

目顔で問われ、シダエは躊躇いながらも唇を開く。

「……父や伯父様たちを招いてくださるのは嬉しいのですけど……、わたしのことも、領地のあちこちに連れていくと、約束していたのに……」

口に出してから、恥ずかしくなってきた。

これではまるで子供のようだ。

だが、執務室にあるテーブルの地図を示し、妖精が棲むという森も、神殿跡も、ほかの町や砦など、たくさん連れていってくれるという約束はまだ果たされていない。

先日、ペナの町に赴いたくらいだ。しかもふたりきりではなく、ファナはもちろん兵士もたくさん連れてのことだった。

このままでは、父のほうが先に領地に詳しくなってしまう。それは、悔しい。

「一緒に行くのが大変でしたら、わたし、ひとりでも馬に乗れるように努力しますから」

「いや、それはいい」

「……それは、いい？」

「おまえを腕に抱いたまま、馬を走らせる機会を逃したくないんだ」

「え？　きゃ……っ」

身を屈めたルディクに、すばやく抱き上げられた。驚いて中空で跳ねた爪先に合わせ、ドレスの長い裾がひるがえる。

夫の肩をつかんで間近な顔を見上げ、シダエは眉根を寄せた。

ルディクは妻を抱き上げるのが好きらしい。それは嬉しいことだが、いつも突然なので心臓に悪かった。

「驚かせないでください、もう……」

責める言葉が途切れてしまう。ルディクは目を輝かせてシダエを見つめたまま、口元をゆるめている。彫りの深い男らしい顔立ちなのに、表情のせいか少年のようだった。

「悪かった。――いまから、行こう」

シダエを抱いたまま踵を返したルディクは、足早に部屋を出ていく。

「え？　……ま、待って、待ってください！」

「待てない。すぐ連れていく」

「で、では、着替えてからとか、あのっ、わたし、歩けますし……！」

せめて下ろしてほしいと訴えても、ルディクは笑って取り合わない。

通路から階段を、そして大広間を過ぎ、その大扉から外へ。奥方を抱いて意気揚々と出ていく領主の姿に、城の者たちは歓声を上げた。中には露骨に冷やかす声もあって、それを耳にした女たちが怒り、男たちが謝り、また笑い声が上がる。

賑やかな声を背に日射しが降り注ぐ中庭に出ると、一旦、ルディクは足を止めた。

「どこへ行こうか」

揺するようにして持ち上げられ、シダエの視線が高くなる。それでも城壁に囲まれた中庭から見えるものは、空と、北方に聳える青い山並みだけだ。

「もう一度、ペナの町に行ってみるか？　少し足を伸ばせば果樹園もあるが」

「……妖精の森は遠いのですか？」

「ボヌンの森？　そうだな、少し遠い。この時間だときついな」

すまん、と言いながら、ルディクはふたたび歩きだす。

「今日は、近くで我慢してくれ。夜、埋め合わせをする」

「まあ！」

ついに笑いだしたシダエは、ルディクの肩をつかんでいた手を大きく回してしがみついた。

そのとき、たくましい肩越しに城の象徴でもある主塔が目に入った。

王城のように常に塗り替えられ、手入れされた美しい白い姿ではない。風雨にさらされた灰色の石壁の、武骨なものだ。古い戦いを示す跡もある。屋根に葺《ふ》いた、かつては黄金のように輝いていたであろうトパーズ色のスレートもくすんでいる。

だが見つめるうち、もう何年も住んでいるような懐かしさと誇らしさが胸に満ちていった。

夫の城。わたしの城。

そして――。

「……ルディク様、一緒に行けるならどこでもいいのです」

シダエは背を伸ばして高さを合わせ、ルディクの頬に手を添えて緑色の目を覗き込んだ。

「そして一緒に戻ってこられるなら。――わたしたちのお城に」

「ああ、もちろんだ」

黒狼と呼ばれる夫はそう答え、唇を触れ合わせた。

「俺たちの城だ。いつも一緒に。シダエ……」

あとがき

　このたびは「黒狼と赤い薔薇～辺境伯の求愛～」をお手にとっていただき、誠にありがとうございました。

　古代エジプトをイメージしたお話を三作出してもらって、次も？　と実は自分でも思っていましたが、頭の片隅にあったものを混ぜこねた結果、こうなりました。

　もともとこのお話を想定した時代あたりも好きで、城砦！　防備第一！　大広間！　見張り塔！　などなど張り切りすぎ、斜め方向に書き込みまくった初稿で「コレジャナイ……」と編集者様に泣かれました。すみません……。

　ともかくも、塔の狭い螺旋階段をドレスの裾を持ち上げて昇っていく長い金髪の女性がパッと頭に浮かんで、書きはじめた作品です。

　そんな一瞬のイメージから出てきたシダエは、夢見がちの少女時代を経て引きこもりになったヒロイン。

一方、ルディクは……色々悩みながらできたキャラで、思い出深いというか憎いです。さらに、すぐに妻を部屋に閉じ込めようとするとご指摘を受け、隠された一面も出てきたヒーローでした。怖い。

個人的に好きだったのはエヴェリナです。計算高さをアピールしようとして「収穫量計算とか！　どんだけ！」と突っ込まれて削りました。違う計算でした。

ツッコミスキル完備の編集者様、毎回ご指摘ご指導、ほんとうにありがとうございます。朗らかな笑い声が大好きです。ふるえます（あらゆる意味で）。

イラストを担当してくださいましたＣｉｅｌ先生、長かった改稿中、先生のイラストが楽しみで楽しみで、どうにか仕上げることができました。いただいたラフともども宝物です。ありがとうございました！

そして諸々お世話になっている皆様、読んでくださったすべての方々に感謝いたします。

少しでも楽しんでいただけましたら幸いです。

夏井由依

本作品は書き下ろしです

夏井由依先生、Ciel先生へのお便り、
本作品に関するご意見、ご感想などは
〒101-8405
東京都千代田区三崎町2-18-11
二見書房　ハニー文庫
「黒狼と赤い薔薇～辺境伯の求愛～」係まで。

Honey Novel

黒狼《こくろう》と赤《あか》い薔薇《ばら》
～辺境伯《へんきょうはく》の求愛《きゅうあい》～

【著者】夏井由依《なついゆえ》

【発行所】株式会社二見書房
東京都千代田区三崎町2-18-11
電話　03(3515)2311［営業］
　　　03(3515)2314［編集］
振替　00170-4-2639
【印刷】株式会社 堀内印刷所
【製本】株式会社 村上製本所

落丁・乱丁本はお取り替えいたします。
定価は、カバーに表示してあります。

ISBN978-4-576-17052-7

http://honey.futami.co.jp/